U0855235

父辈的奋斗岁月

FUBEI DE FENDOU SUIYUE

郭美兰 / 编著

華中師範大學出版社

新出图证（鄂）字 10 号

图书在版编目（CIP）数据

父辈的奋斗岁月/郭美兰编著. —武汉：华中师范大学出版社，2021.8

ISBN 978-7-5622-4535-3

Ⅰ. ①父…　Ⅱ. ①郭…　Ⅲ. ①纪实文学—中国—当代　Ⅳ. ①I25

中国版本图书馆 CIP 数据核字（2021）第 167203 号

父辈的奋斗岁月

© 郭美兰　编著

责任编辑： 肖绪旭　**责任校对：** 王　炜

编 辑 室： 学术出版中心　**电话：** 027-67863220

出版发行： 华中师范大学出版社　**封面设计：** 胡　灿

社址： 湖北省武汉市洪山区珞喻路 152 号　**邮编：** 430079

电话： 027-67861549（发行部）　**传真：** 027-67863291

电子邮箱： press@mail. ccnu. edu. cn

网址： http://press. ccnu. edu. cn

印刷： 武汉市宏达盛印务有限公司　**督印：** 刘　敏

开本： 880mm×1230mm　1/32　**印张：** 6. 125

版次： 2021 年 8 月第 1 版　**印次：** 2021 年 8 月第 1 次印刷

字数： 100 千字　**定价：** 45. 00 元

欢迎上网查询、购书

敬告读者：欢迎举报盗版，请打举报电话 027-67867353

前　言

我生长在抗日战争时期的山东，从小随母亲劳累奔走，受尽了磨难。好在我父亲等老一辈革命者的浴血奋斗，打下了新中国的大好河山，使我从小学、中学、大学一路走来，成长为一个幸福甜蜜到心底，又乐观向上、充满活力的人。虽然有愁苦，但我从来没有把这当回事。

我的父母辈，生活在祖国山河破碎，百姓流离失所、民不聊生的时代，许多仁人志士满怀激情，在中国共产党的领导下，纷纷组织救亡团体，参加革命斗争。我生长在山东莒南县，这里是老解放区，我父母都有幸很早就参加到革命洪流中。父亲早年就参加了抗击日本侵略者的游击战争，后来又参加了打倒国民党反动派的斗争，成为一名坚强的革命战士。我有幸生长在老解放区，当时我只有几岁，虽少不经事，可那种颠沛流离的生活在我幼小的心灵里留下了深深的印记。

我父母都是抗日战士，我作为他们的女儿，感到无上荣光。我虽然没有经历他们的战斗、苦难的栉风沐雨，但要尽我所能，让人们了解他们，让他们的精神世代相传，发扬光大，永不磨灭。

此书得以出版，首先要感谢华中师范大学马克思主义学院，特别是孙永祥书记的大力支持；其次要感谢华中师范大学政治与国际关系学院（国外马克思主义政党研究中心）的周华平老师及其他帮助和支持此书出版的人。

▶ 2005年，父母亲获得抗战胜利60周年纪念章。

▶ 2015 年，父亲获得抗战胜利 70 周年纪念章。

郭克立，莒南县板泉镇郭家坊庄村人，1921年8月出生。1942年8月参加革命工作，1946年6月加入中国共产党。1943年后任莒南县文书助理。1948年2月被选调南下，随解放军南下湖北，9月后历任湖北省荆钟县山西区、荆门县子陵区区长等职。1949年7月后历任荆门县南桥区区长、荆门县委组织部干事、文书等职。1951年后历任荆门县毛李区区委书记、荆门县供销社主任、县委办公室主任、县委副书记、书记等职。1960年3月后任荆州地委副秘书长，同年9月被下放到荆门沈集区劳动。1961年后历任荆州地区农科所副所长、书记、所长等职。1970年在荆州五七干校劳动，同年8月到松滋涴市插队劳动。1972年8月后历任荆州农机学校副校长、书记、校长等职。1982年5月任荆州地区农机局顾问（副厅级）。2015年9月20日去世。

北京天安门留影 1978.9

▶ 父亲南征北战却没去过北京，1978 年 9 月终于有机会去了北京，在北京东光路窄小的房子里住了几天，由我丈夫的弟弟聂运龙带他在北京游玩了几天，到了天安门，去了长城，完成他的夙愿。

万里长城
八达岭留影

▶ 父亲 1978 年 9 月在长城八达岭留影。

父亲南下时到过河北保定，但一直未能去长城，到此时才如愿游了长城。

▶1955年，父亲郭克立（左一）与荆门当时的县委书记田怀德和县委陈志明科长合影。田怀德后来调到荆州地区任地区组织部部长，当时父亲任县委秘书。

▶ 1979 年父亲在荆州农业机械学校给学生作报告。“文化大革命”时期，父亲在荆州农科所受冲击，到松滋县农村劳动一年，后到荆州农业机械学校任书记。

▶ 2012年，我和同学袁志慧、夏玉珍在漳河水库边留影，为纪念父亲修漳河水库。

漳河水库是父亲在荆门担任县委第一书记时主持修建的。当时湖北省委书记王任重曾多次去荆门察看，非常重视。这是造福千秋万代的浩大工程，父亲有诗云：

漳河水库大坝截流

十万英儿战夹沟，浩然正气扫千秋。
移山造海遂人愿，逼得漳河水倒流。

▶ 1990年，父亲（左二）到武汉游长江二桥，与我爱人（左一）、我（左三）合影。

父亲不多话，他非常高兴地和我们留影，记下这愉快的时刻！

▶ 1990年，父亲（左一）和老战友郭实（左二）在华中师大西区教工宿舍7栋我家门前留影。父亲郭克立和郭实都是南下老干部。郭实曾任荆门县委书记、荆州地委副书记、黄冈地委书记和恩施地委书记。他们都为社会主义建设贡献了毕生精力，我清楚记得解放初期他们骑着自行车下乡和农民同甘共苦的情形，他们都是人民的好干部！

▶1990年，南下干部郭实（左一）和邓愚（左四）在我家和父亲郭克立（左二）、母亲李秀彩（左三）合影。

这些老一辈的革命者，一辈子勤俭节约，辛劳工作，虽劳苦功高，但都生活朴素，从来不计较个人得失。干好革命工作是他们的愿望，国家、民族富强，人民生活幸福是他们的理想。他们都是我佩服的老共产党员，他们永远活在我心里！

▶ 1990 年，我父母（左一、左二）与老战友陈志明（左三，曾在湖北省委工作）在华中师大西区教工宿舍 7 栋我家门口留影。他们都是几十年生死与共的老战友。父母也曾到省委陈老家做客，共叙几十年风雨同舟的战斗历程。

▶ 1990年，南下干部邓愚（左二）和母亲（左一）在华中师大西区教工宿舍7栋楼前留影。在荆门县工作时，邓愚阿姨和我母亲就一起工作，她们在土地改革、镇压反革命的工作中，不辞辛苦、劳累奔波，为革命事业做出了贡献。她们是老一辈的巾帼英雄！

▶ 1990年，南下干部邓愚（左二）和母亲（左一）及我（左三）合影。

我永远怀念革命老前辈，永远纪念她们在革命征途上勇于奋斗、不怕牺牲的精神！

▶1990年，我父亲(左一)和老战友陈志明(左二)在华中师大西区教工宿舍7栋楼前留影。

陈志明老人是我父亲的知心朋友，他们在荆门县委会从1950年起共事，战斗、生活在一起。

1990 年，父亲的老战友陈志明（左四）及夫人温玉蕊（左一）到我家做客，和我父亲（左三）、母亲（左二）合影。陈志明是南下干部，也是我父亲在荆门的老同事，和我父亲是很好的战友。

▶ 父亲(左四)、母亲(左三)和我(左二)及聂运麟(左一)合影于武汉长江二桥。

父母经历了抗日战争,解放战争,从几千里远的山东莒南县,南下到湖北荆州地区,风风雨雨几十年,战斗工作了一辈子。到晚年才有机会到武汉、上海、北京、杭州等地游览祖国的大好河山和名胜古迹。在游武汉长江二桥时,母亲不由自主地发出了"中国人民真伟大!"的感叹,令人感慨万千。

▶ 1990年，我（左一）和父母亲（左二、左三）在武昌辛亥革命起义门前留影。父母都是革命者，对武昌起义怀着崇敬的心情。正是一代一代的革命者，使国家不断从胜利走向胜利，使我们今天能过上这样美好幸福的生活，并向着更美好的未来不断前进。

▶ 1998年，我（左一）和母亲（左二）在武汉长江二桥留影。

母亲永远向往新生活，游览美丽的风景、过着心旷神怡的日子是她的愿望，也是我们的希望。感谢老一辈艰苦奋斗为我们打下江山，并建设新中国，使我们能幸福生活，快乐地过着每一天！

▶2013 年，我大女儿聂进（左三）带她的两个孩子周康妮（左一）和周国瑞（左四）到荆州看望我父亲（左二）。

父亲对子孙后辈都非常疼爱，在他的诗词里也流露出对他们的思念。

▶ 荆门象山宝塔历史悠久，父亲在世时，曾派人修缮了这个有约800年历史的古迹，并在宝塔一层写词一首作为纪念。

2017年，本人在荆门象山宝塔前留影。

▶ 2008 年，母亲在荆州家中。

母亲年纪大了，就这样安度晚年，留个影，让后代能永远记忆着她的音容笑貌，永远怀念她！

▶ 1988年，我大弟弟郭德振（左二）、妹妹郭文兰（左六）、妹夫（左一）和父母亲（左三、左四）及我（左五）在荆州家后面城墙边留影。就是差了我小弟弟郭亮。我们永远怀念父母亲，他们永远活在我们心中！

▶ 2013 年，我们全家在荆州过年时的合影。

此时母亲已经过世，这是我们和父亲（前排左三）的合影，除了大弟弟、小弟弟两人外，其余的大都在这儿。

▶ 2013 年，我的二女儿聂原（左一）和她亲爱的姥爷（左二）。

▶ 2016年，我们一家在武汉大学留影。

我爱人聂运麟（左三）和大女儿聂进（左七）、大外孙女康妮（左四）、外孙子周国瑞（左六）、二女儿聂原（左一）、小外孙女聂茗露（左二）和我（左五）。

▶ 2014年，父亲在荆州家中。父亲年纪大了，眼睛都睁不开了，但生活幸福，儿女都孝顺，所以晚年的父亲显得慈祥安逸。

▶1986 年，我的大女儿聂进（左一）在荆州老家和我父亲（左二）合影。她跟姥爷、姥姥感情最深，从小就经常生活在他们身边，对姥爷、姥姥有着无比深厚的感情，从中学到大学都是一放假就要急着去找姥爷、姥姥，姥爷、姥姥也非常疼爱这个大孙女。

▶ 1988 年，母亲李秀彩在长城留影。

我大女儿武汉大学毕业后，被分配到北京中国人民公安大学教书。母亲一直盼望能到北京一游，这时候有了条件和机会，所以她一人就去了北京，由外孙女聂进带着游历了北京长城、天安门、毛主席纪念堂……

1988年，母亲（左二）到北京和我大女儿聂进（左一）一起游长城。

▶ 1988 年，母亲在北京天安门前留影。

1988年，母亲在北京毛主席纪念堂前留影。

▶ 1988 年，母亲（左二）到北京，和我女儿聂进（左一）在天安门前留影。

▶ 2012年，我（左二）和爱人聂运麟（左一）到俄罗斯旅游，在“阿芙乐尔”号巡洋舰前留影。正是阿芙乐尔巡洋舰上的一声炮响迎来了俄国十月革命的伟大胜利，建立了世界上第一个社会主义共和国。从此中国学习和借鉴苏俄。1921年，中国共产党成立，有了共产党领导，中国革命在艰苦卓绝的斗争中从胜利走向胜利。

▶ 2004年，我爱人聂运麟到德国特里尔马克思、燕妮故居一游。我们一家人都崇拜马克思、恩格斯、列宁、毛泽东……这些革命导师，能到此一游是极大的幸运，永世难忘。

▶ 莫斯科民族友谊宫，2012 年我（左二）和聂运麟（左一）到此一游。

▶2012年，我（左二）和聂运麟（左一）在俄罗斯圣彼得堡留念。这里是俄国十月革命胜利的地方！

▶ 2004 年，我在法国埃菲尔铁塔前留影。

▶ 2004年，聂运麟（左一）和我（左二）在巴黎凯旋门前留影。

▶ 2004 年，聂运麟在德国马克思故居后花园。

▶ 2012 年夏，我到俄罗斯游圣彼得堡。

▶2012年，我（左一）和聂运麟（左二）在俄罗斯莫斯科河上留影。

▶ 2012 年，我在克里姆林宫的无名烈士墓前留影。

▶ 2012 年，我在俄罗斯朱可夫塑像前留影。

目 录

父母获得抗日战争胜利纪念章

1917年11月7日，停泊在彼得格勒涅瓦河上的“阿芙乐尔”号巡洋舰一声炮响，揭开了俄国十月革命的序幕，给中国送来了马克思列宁主义。同年，我的父亲和母亲诞生在山东省莒南和临沂这两个革命烽火燃烧的土地上。

父亲郭克立，山东省莒南县郭家坊庄人，1917年7月出生，1942年投身革命，后加入中国共产党，投入到轰轰烈烈的抗日战争洪流。1948年正月初三南下，谱写下可歌可泣的战斗篇章。父亲一生中获得了抗日战争胜利60周年和抗日战争胜利70周年两枚纪念章，给子孙留下了珍贵的纪念，令我们无比骄傲和自豪！父亲于2015年9月20日去世，他的光辉形象，我们铭记在心。母亲李秀彩是山东省临沂县贾家宅村人，1917年5月19日出生。母亲上过新学堂，是当时少有的知识女性，1943年在山东莒南县投身革命，加入中国共产党。1949年11月历经千辛万苦，到湖北荆门，在革命征途上拼搏前行，曾获得抗日战争胜利60周年纪念章。2007年12月26日，母亲去世，慈祥的母亲永远活在我们心里！

一、我的老家

1. 母亲上过新学堂，是当时少有的知识女性

我奶奶是农村当时少有的能干人，她整天背着包袱，走街串巷，是有名的卖针线布头的生意人。她决心要为我那个教私塾的父亲找一个识文断字的媳妇。所以好不容易托媒人找到了远近闻名的母亲。母亲李秀彩家有大哥、二哥、姐姐和一个弟弟，她排行老四。她大哥，也就是我大舅，是村里的文化人，办学堂、与外面联络等，什么事都离不开他。一次，为争沂河边上的河圩地，我大舅和别人发生械斗，由此埋下了仇恨的种子，我姥爷为此受牵连，被抓去很久都没放出来。后来花了好多钱才把我姥爷赎出来，结果被放出来的当天，当他骑着毛驴往回走时，还是被人开枪打死了。

我大舅办了一所新式学堂，给学生教授语文、算术、自然、地理等新课程。

我母亲当时十多岁，有幸在她大哥办的学堂里上学，学文化，学知识，成为当时女孩子中的佼佼者。她识文断字，就这样成为当时少有的知识女性，

所以在当时百十里地界也属凤毛麟角，是当时少有的知识女性。

2. 父亲英武豪气，不当旧时兵

父亲有六个弟兄，他排行老四，是六弟兄中特别聪明的一个，他书读得多，总共上了十年私塾，能诗会文。我奶奶为我父亲骄傲，她发誓要给他谋个好前程。

父亲十八九岁就爱打抱不平。一次，有个流氓地痞，手中还有枪，在村子里欺压百姓，为一件事情和村民大打出手，我父亲不畏强暴，上去一把抓住他的手，把他打倒在地。这时那人的手枪一下摔出老远，我父亲脚踩住他手背，他一时脱不了身，随后父亲一行把他押送给村部，为民除了一害。父亲英武豪气，为民除暴，是大家的榜样。

我奶奶为了让我父亲有个好前程，送父亲当了兵。父亲到了一个旧军队，感到军队中气氛恶劣难忍，于是他逃了回来，不想当那种旧时兵。在回来的路上，逢人便说那旧军队不好，发誓不当那种兵。父亲为人正直刚强，对旧军队中军人欺善作恶、横行霸道之风仇恨至极，这种性格和气质决定了他必然会摆脱旧军队，去探寻一条崭新的革命道路。

我母亲出生于贾家庄，离郭家坊庄大约60华里路，母亲识字，在远乡近里小有名气。所以，我父亲找到了我母亲这样一个远近闻名的文化人。

父母结婚，父亲家送的彩礼最多、最好，是父亲六个兄弟中顶有名气的，金银首饰等都是非常讲究的。光是绸缎衣服就有好几套，记得我长到七岁时，母亲还是用结婚时的衣服改给我穿。从这里可以看到父亲在郭家的地位不一般，也可以知道我爷爷、奶奶是对我父亲有着巨大而殷切的希望，盼望着父亲能一举成名。

3. 分家后父母亲到秦王住①

我老家是临沂县郭家坊庄，据我爷爷郭希川说，我们郭家是五六代前从山西省洪洞县迁来山东的，洪洞在山西临汾不远地界，那里是我们郭家的根。

在洪洞火车站不远的地方建有大槐树寻根祭祖园。祭祖园的大门形如巨根，一眼望去，只见红底黄字的“根”字影壁直逼眼帘。我想这应该就是我昼思夜想的郭家根基。这个祭祖园占地面积400余亩，建了好多个楼殿，我们径直朝古大槐树景区走

① 据说是因秦王东游看海后在此小住而得名。

去。据记载，第一代大槐树距今已有1800多年历史。在顺治八年（1651年）汾河发大水时被洪水冲毁，民国三年（1914年）在第一代大槐树的原址上修建遗址标志，一个黑色石碑上刻有“古大槐树处”字样。这里就是明代的移民遗址。现在生长的大槐树是古槐滋生出来的第三代，已有近百年的历史。它枝叶繁茂，荫翳蔽日，悬挂着许多祈福的红缎条及许愿锁。展厅里有关移民史料录像资料记载：元末明初，由于连年战乱以及黄河决堤等自然灾害，中原地区村庄荒废，土地荒芜，人烟稀少。为了稳定政权，发展农业生产，充实国力，明太祖朱元璋颁旨从山西移民中原。洪洞县地处晋南，是南北、东西交通要道。在城北的官道上有贾村驿，明政府官员在贾村驿旁、广济寺前的古槐树下集中办理移民手续，登记造册，发放凭照川资，编排队伍，遣送上路。广济寺大槐树就成了各地移民汇集、开拔外迁的集散之地。据有关资料记载，明朝初年先后进行了7次大规模移民，后来又有很多次。大槐树处的800多个姓氏的移民陆续迁徙到如今冀、鲁、豫、京、津、皖、陕、蒙、吉、黑、桂、两湖等18个省（市）。现今其后裔已遍布神州和海外。据说：当外迁移民领取凭证后，小脚趾要被刻一刀作为记号，以防逃跑，于是移民的小脚趾都留下了一道伤痕。在遣送途中，移民被束手而行，要拉屎拉尿只好呼救官差解手，于是“解手”就成了“如厕”的代名词，至今流传广远。当地有民谣曰：“问我祖先来何处？山西洪洞大槐树。祖先故居叫什么？古槐树下老鹳窝。”古槐树和老鹳早已湮灭在历史的风尘之中，所幸现在有巍峨堂皇的祭祖园取而代之。

我是山西洪洞外迁山东移民的后人，我了解了祖先这段外迁的辛酸历史，深深地怀念祖先，永世记忆，苍天永恒！

到我爷爷这一代，从山西洪洞迁到山东莒南已有六代之久。我爷爷有六个儿子，大伯郭克梓、二伯郭克堂、三伯郭克朴，我父亲是老四，五叔郭克林、六叔郭克桐。

后来，我爷爷的六个儿子都结婚了，都住郭家坊庄的一个大院子里，六个儿媳轮流做饭。这样的大家庭，可想而知，有多么热闹！山东人吃的大煎饼，每天都烙一大摞，一二百张，那年月，吃饭可是一件大事啊！家中人口多，我爷爷在离郭家坊庄大约七八里的秦王住村买地，在那里开了个榨花生油的大榨坊。建的房子正房是坐北朝南的六大间，很高很大，榨花生油的大榨和大锤都放在那里，花生油每天榨。很大的锤，一锤一锤夯下去，花生油不停地流出来。我看到那个场景，感到无比壮观，无比神奇！我父亲，还有我二伯家，两家被分到秦王住村开榨坊、种地。我们从郭家坊庄搬到秦王住村后，不久我大弟德振出生，所以小名就叫“新住”。在抗日战争进行得激烈的时期，我们家搬到秦王住村后不久，我父亲就参加了革命，在离秦王住村不远的洙边区工作。当时也是抗日战争最艰难时期，组织担架队、上前线打鬼子是我父亲的战斗任务。秦王住村是解放区，村上干部宣传抗战，支援抗战，以及开办妇救会、儿童团、识字班各项工作都开展得轰轰烈烈，比郭家坊庄活跃多了，各方面都充满抗击日本侵略者的战斗氛围！

4. 母亲和二大娘作斗争

我们家因我父亲参加革命，住在洙边区，离秦王住村有十多里地，而且是抗日战争进行正激烈的时期，所以父亲根本顾不了家。母亲带着几岁的我，还有出生不久的大弟弟，家里还开着大榨坊。我二伯家已有好几个孩子了。我母亲生了我大弟后，经常被二大娘欺负，在月子里，她就经常不给我妈饭吃。二大娘她们一吃完饭，马上就把锅碗收拾了，我们常常连糊糊都没的吃，经常挨饿，只能受气。后来我母亲觉得不能这样下去，就想办法和二大娘斗。我母亲识字，所以她在秦王住村里教识字班。识字班都是大姑娘、小媳妇，我母校就把她们组织起来，一起到二大娘家门口，大声喊口号“打倒洗她娘！打倒洗她娘!”“不许欺侮李老师!”我二大爷的大女儿叫“洗”（音），二女儿叫“浆”（音），三女儿叫“晒”（音）。此后，二大娘再也不敢欺侮我母亲了。因在解放区里生活，母亲明白，斗争才能改变生活。她积极参加村里活动，组织妇女拥军优属，与不合理的现象作斗争，得到村里老乡的好评。

二、抗日战争胜利

1. 艰苦卓绝的抗日战争

1937年7月7日，日本帝国主义发动了卢沟桥事变，抗日战争全面爆发。

日本帝国主义发动全国侵华战争后，中国共产党立即发出呼吁，号召全国人民奋起抗战。9月23日，蒋介石发表谈话，国共两党形成了抗日民族统一战线。

在抗日战争期间，始终存在着两条路线：一条是以蒋介石为代表的国民党实行的片面路线，将人民群众排斥在外；另一条是以中国共产党为代表的全面抗战路线，这是放手发动群众，实行全面的全民的抗战路线。

我党为了贯彻执行全面抗战的路线，1937年8月22日至25日在陕北洛川召开了党的政治局扩大会议，毛泽东在会上作了关于军事问题和国共两党关系的报告，会议通过了体现党的全面抗战路线的《抗日救国十大纲领》，它及时地给全国人民指明了争取抗战胜利的方向。

在中国共产党领导下，我党我军放手发动群众，深入敌后，开展了各种形式的斗争，建立了广泛的敌后抗日根据地。我的家乡莒南很早就成为抗击日寇的主战场，地道战、游击战等狠狠抗击日本侵略者，开展着艰苦卓绝的斗争。

2. 我的家乡莒南人民抗击日本侵略的英勇斗争

1941 年 1 月，莒南县抗日民主政府成立，全县划分为七个区，我父亲和卢洪韶叔叔（父亲的战友），就是在洙边区开展打击日本侵略者的斗争。不久皖南事变发生，1 月 6 日国民党军在皖南袭击新四军部，掀起第二次反共高潮。莒南县政府在派庄召开大会，追悼皖南事变烈士，声讨国民党反动派的罪行，到会数千人，表明莒南军民反对国民党搞分裂、内战的坚强决心。

1942 年 1 月，山东军政委员会发布坚持和巩固根据地的方针。这一方针，有效地粉碎了日伪的连续“扫荡”“蚕食”和分割封锁，保持了山东各区的联系，实行“敌进我进”，坚持边沿区斗争，阻止了敌人的“蚕食”推进。

为了更好加强领导，中共山东分局成立了滨海地委。1942 年 4 月 10 日，中共中央代表、新四军政委刘少奇由苏北通过苏鲁交通线到达一一五师师部，驻于临沭县朱樊村，听取了山东分局和一一五师负责同志的汇报，并召开了山东分局和山东军政委员会联席会议，讨论决定了山东的战略方针和主要干部的配备等重大事项，为积极反对敌人的“蚕食”，积蓄力量，克服困难，在斗争中求得发展，争取最后胜利。

1942 年 5 月，滨海区农救会布置减租减息工作，到会士绅一致表示拥护政府减租政策，做好抗日工作。

刘少奇在山东工作了三个多月，作了许多重要指示，使山东工作开始发生根本性转折。1942 年 7 月，他起程赴延安。

后来，山东省党政领导机关转移到莒南。山东分局、山东军区等党政军领导机关，于 1942 年 12 月由临沭县转移到莒南，一直到 1945 年 9 月离开，莒南县成为全省政治军事指挥中心。

1942 年，是莒南县在艰苦的对敌斗争中取得形势根本好转的一年。一是在全县大部分地区实行了减租减息，保障了群众的切身利益，调动了广大群众的抗日积极性，推动了对敌斗争，搞好了各项工作。再就是一一一师举义和三次甲子山战役，沉重打击了顽固敌人，收复了甲子山区，解除了莒南根据地的后顾之忧。

1943 年 2 月，日军千余里长途奔袭我滨海地委军分区驻地温水泉和十字路，大肆烧杀抢掠。军分区特务连英勇阻击敌人，掩护群众和机关人员突围。

在突围中，十字路居民谢相桂看到一个战士负伤，立即扔下包袱，背着伤员到村外，谢相桂自己负伤后，仍背着伤员奔跑，最后和伤员一起壮烈牺牲。莒南县政府号召民众学习谢相桂英勇顽强、不怕牺牲的精神。

1943 年 3 月，新的山东军区成立，罗荣桓任司令员兼政委，黎玉任副政委，肖华任政治部主任。之后，莒南县 1000 名青壮年参军，投入抗击日寇的战斗。

应罗荣桓司令邀请，奥地利医生罗生特到达莒南县，罗生特是白求恩式的国际共产主义战士，1943 年 10 月 10 日，山东省行政委员会和山东军区在大店召开欢迎罗生特大会。罗生特来山东后，任山东军区卫生部顾问，在莒南工作两年多，住过近百个村庄，他像白求恩一样有精湛的医术和高尚的医德，挽救了许多人的生命，和莒南人民结下深厚情谊，深受莒南人民的尊敬和爱戴。抗日战争进行到11月，莒南县成立了联防大队，划分作战区。健全通信网络，各区干部亲自负责情报工作。县政府还通令五家联保，清查户口，使用通行证，并规定11月4日到10日是备战突击周，反“扫荡”、反拉网、反合围，开展地雷战，进行实地斗争，狠狠打击了日本鬼子！

11月26日，滨海区党委书记，滨海军区政委符竹庭同志，在赣榆县马家旦头村战斗中不幸牺牲，后来安葬在山东抗日烈士陵园。抗日英雄、烈士们为打败日本侵略军，建立新中国流尽了最后一滴血。

莒南县人民在中国共产党建党23周年前夕，各地群众回顾民主政府建立以来取得的成就，开展了大生产运动，到处呈现欣欣向荣景象，纷纷写信给党中央、毛主席，表达了永远跟着共产党、毛主席的坚定决心！

日本侵略军对莒南进行了无数次的“扫荡”，烧、杀、抢、掠，无恶不作，莒南人民经受了严峻考验，付出了巨大牺牲。仅以十字路镇为例，从1938年4月25日日本鬼子第一次“扫荡”开始到1945年6月止，被烧杀抢掠21次；被日伪军打死

65人，打伤32人；被抓壮丁52人；烧毁房屋6000余间；掠走粮食250余万斤；大牲畜183头，猪、鸡、羊共26000余只；损失财物总价值9000万元（北海币）以上①。

此次抗战中，莒南县党组织坚决执行中国共产党的抗日民族统一战线、方针和政策，依靠广大人民群众，团结一切进步力量，克服重重困难，巩固扩大了莒南抗日根据地，夺取了抗战胜利。抗日战争胜利后，据莒南县17个区的不完全统计，当地的党组织由战前的两个支部发展到17个分区委。全县480多个党支部。人民武装从无到有，不断发展壮大。到1945年，全县民兵发展到22125人（其中女民兵269人），普通自卫队员发展到66770人（其中女队员25321人），全县民兵反“扫荡”作战1360次（配合主力打据点除外），埋地雷的响雷355个，毙伤敌伪354人，俘敌伪130人，参战民兵7040人……据不完全统计，到1945年，全县有13698人参加八路军，占总人口的3.44%，有烈士761人，为抗击日本帝国主义的侵略付出了巨大牺牲！为抗

① 莒南十字路惨案。抗日战争纪念网，2018年7月25日。

日战争的伟大胜利作出了卓越贡献!①

3. 抗日战争的伟大胜利

从1943年起，我党领导的人民武装力量发展起来，以蒋介石为首的国民党反动派发动了第三次反共高潮，在政治思想和军事上向我共产党八路军进攻，在解放区军民和全国进步人士、国际舆论的反对下，国民党被迫停止了第三次反共战争。

中国共产党第七次全国代表大会于1945年4月23日至6月11日在延安举行，这是一次团结的大会、胜利的大会。全党实现了在马克思主义、列宁主义、毛泽东思想基础上的团结和统一，为抗日战争和新民主主义革命的胜利奠定了基础。

在中共七大路线指导下，解放区军民发动了大规模的对日夏季攻势。1945年8月8日，苏联对日宣战，战事迅速推进到中国东北，歼灭了日本关东军。8月9日毛泽东发表了《对日寇的最后一战》声明。8月10日朱德总司令向解放区军民发布了多道反攻命令，我军开始了大反攻。8月15日，日本

① 中国人民解放军莒南县人民武装部、中共莒南县委党史资料征集委员会:《莒南县党史资料——纪念抗日战争胜利四十周年专辑》1985年总第4期。

帝国主义宣布无条件投降，中国人民抗日战争取得了伟大胜利。

抗日战争的胜利，结束了近百年来我国人民在反抗帝国主义斗争中屡屡失败的历史，证明了中国共产党进入政治和理论上成熟的重要时期。从此中国革命加快了从胜利走向更大胜利的步伐。

4. 抗日战争中，父亲投入反扫荡斗争，为抗日战争胜利作贡献

1942 年，父亲从郭家坊庄的一个在村中经常主持正义、爱打抱不平、对地痞流氓坏人进行斗争的读书郎、教书先生，成长为一名参加中国共产党领导的革命队伍的无产阶级战士。当时正是抗日战争进行的重要时刻，中华民族优秀儿女必然的选择，走上斗争最前线，为中华民族的前途而奋斗前行。

父亲参加革命时虽然只是抗日政府山东莒南县洙边区的一名文职人员，但在那烽火燃烧的年代，自然也投身于抗日战争中，他经常被派出去组织担架队，带领担架队抢救伤员，在抗击日本侵略军对莒南县进行的无数次烧杀抢掠中奋勇当先。父亲写下了大量诗句，反映了当时山东军民奋勇抗敌、取得胜利的场景。

三、母亲到莒南县十字路“受训”[1]

1. 我和大弟被送到姥姥家

我父亲在洙边区工作，母亲在秦王住村里教识字班，我们家也搬到秦王住村里和老乡们一起住了。住在伍大爷家，他家有一个儿子，三个女儿，大女儿叫“听”，二女儿叫“雪”，最小的叫“难”。我和这三个女孩玩得可好了，经常和她们一起吃饭，每天都挤在堂屋的大床上和她们一起睡觉。我母亲教识字班，也很忙，伍大娘把我当亲女儿一样。1946 年，母亲要到莒南县政府所在地十字路“受训”，我妹妹文兰（小名叫玉玲）也已出生了，大概两三个月大吧，母亲带着妹妹文兰去莒南县城十字路“受训”，多数时候把她放在摇篮里，有时放在老乡家，自己好去学习。母亲把我和大弟弟德振送到贾家庄我姥姥家了，请姥姥照看。

我们在姥姥家过得很快活，姥姥虽然不识字，但她脑子里故事很多，这些大多是神话，我和表哥

---

① 解放区为提高妇女、儿童的文化水平而培训识字班的老师。

任杰每天晚上都在厨房炉门口，坐在姥姥身边，听她讲故事！她的故事讲得非常动人、精彩，但有时我们听得也有点害怕。

姥姥是出身于一个大地主家庭的旧时代妇女，没有上过学，但家庭富有，听说十多岁时还让佣人背着玩。因为在娘家做姑娘时专门有人给她讲故事，所以她脑子里记了许多故事，使我们寄住在她那儿时能听到许多美妙的神话故事。在姥姥家住的时期，是我最快活的日子。

我的大弟弟，当时只有两岁多，很淘气。有一天，他把姥姥家里的篮子、盆子、罐子等东西都用绳子连起来，弄着好玩。这一举动被大人发现后才避免了严重的后果。

我们在姥姥家住了几个月，母亲在十字路“受训”结束后，又把我们接回到秦王住村。

2. 母亲带着我和弟妹逃兵荒

1946年，国民党发动内战，要夺取解放区，解放区的老百姓遭殃。我们住在秦王住村，这个解放区的村民经常要东跑西躲。有时在早上，有时在晚上，一听说“国民党来了”就跑！我父亲在外面组织担架队，上战场救护伤员。母亲带着我们三个年幼的孩子，我6岁，弟弟3岁，妹妹才几个月，我母亲带着这么小的3个孩子，可想有多难啊！

逃难时，母亲一头挑着用包袱裹着的小锅盖，叫妹妹坐在锅盖上，另一头挑着点行李和煎饼，就这样挑着妹妹跑。秦王住村南边有条小河，很浅，河里有些石头垫着，踩在石头上就可以过河！弟弟太小，不会从石头上走，只能在小河里趟过去，这样鞋子、袜子都打湿了。可怜只能穿着湿的鞋袜，没办法啊！过了河，躲到山沟里，饿了就把煎饼拿出来吃。这样跑来跑去的，真是受罪啊！

国民党想抢夺抗日战争胜利果实发动内战，老百姓遭殃！我们只好到处逃兵荒，实在难过啊！也不知道什么时候是个头。母亲带着我们三个幼小的孩子，整天东躲西藏，真不知该怎么办。

3. 兵荒马乱到岫务

为了逃避战乱，我们决定搬家到沭边区，父亲就想办法把我们一家三口搬到了离战区较远的岫务村，这样我们再不用东跑西躲了。

我们被安排住在一个地主家的房子里，区里每月都发放救济粮给我们吃。但是没有柴草呀，做饭的柴草要自己想办法解决。母亲又要生孩子了，弟弟、妹妹都太小，只有我大一点，所以拾柴火的任务就必须由我来承担，每天过河上山拾柴草，没有柴草拾的时候，我就到山坡上就把小青树枝折断用绳子捆了背回家，晒干烧火，实在没有办法呀！

4. 小妹出生，大妹玉玲被送人

我们在岫务住了一年多，母亲又生了一个小妹妹（由于生活条件太差，几个月后就夭折了），4个孩子的吃穿用度更困难了，实在难以生存。所以由洙边区干部出面联系，找了一户人家，那家条件比较好，夫妇俩结婚好几年没生孩子，所以就劝我妈把大妹玉玲送给她家，大妹那时已两岁了，送去后，母亲经常叫我去那家看妹妹。去了人家给我吃的、喝的，还用篮子带点回岫务去。我经常去，妹妹总想跟着我回家。有时候她跟在我后面跟路跟好远，可是最后还是要回到那家去。玉玲妹妹在那家待了好几个月，后来那家的女人怀了孩子，因为妹妹总想跟我回岫务去，所以人家也不要我妹妹了，就这样，妹妹又回到了我们家。

四、父亲和卢叔叔南下，历经千难万险

1947年7月，解放战争进入战略反攻阶级。刘邓（刘伯承、邓小平）、陈粟（陈毅、粟裕）、陈谢（陈赓、谢富治）三路大军挺进中原，将战争引向了国民党统治区。为了扩大和巩固华中新解放区，夺取人民解放战争的更大胜利，党中央决定，从北方老解放区抽调大批干部南下到新区工作，当时命令这批干部随三路大军挺进中原。

他们到莒南集中，又从莒南出发，经五莲、诸城，过胶济铁路，到昌邑向西北进入渤海平原，到达车镇再往南下。这一段行军生活是非常艰苦的。

我父亲郭克立是莒南县第一批南下干部中的一员。当时我父亲在洙边区工作，1948年正月初二到县里开会，县委组织部长庞夫力亲自安排，县长高凤林讲了话。正月初三就起身上路，正值天降大雪。这批南下干部由洙边区委副书记卢洪韶任队长，权泉区委副书记纪遵义任指导员。

当时胶济铁路沿线的一些城镇（如潍县一带）仍被敌人占据，所以行军路线不能直线前进，要绕过敌人的据点。父亲他们路过寿光镇的前几天，敌人还没到过这里。当时由于战争消耗，粮食供应很困难，每人每天仅供应粗粮 14 两即 0.875 斤（按 16 两一斤计），如果折合成小米、高粱米就更少了。每天要走七八十里路，这点粮食根本就吃不饱。在途中如果遇上赶集，能买点豆腐，既能当菜又能填饱肚子，那就算是会餐改善生活了。

南下途中也是很辛苦的，正如我父亲的诗选所说：行军夜往大明城/进入南门齐步声/男女送茶同志喊/欢迎鼓掌表深情/满街人往人来看/一路风吹日晒兵/饭后教堂眠睡早/弯肱曲枕月当庭。

大军南下受到老百姓的热烈欢迎：一路风尘昼夜行/大军南下苦兼程/车轮滚滚全榴炮/神色匆匆尽步兵/越野修桥开广宇/攻城夺地快流星/请看今日之天下/遍地红旗百姓迎。

1. 忍饥挨饿，跋涉盐碱地

1948 年农历正月初三刚过，父亲他们去专署集合，第二天便出发了，经过一天急行军，穿过诸城，高密，然后在昌邑的柳疃宿营。同志们虽然累得疲惫不堪，但情绪极高。大家知道，这仅仅是开始，更艰苦的征途还在后头。

离开昌邑柳疃村不久，队伍便进入靠海的布满盐碱的水洼地。当时正值春寒料峭，正月里挽起裤脚，赤脚行走在冰冷的盐碱水地里，那该是什么滋味！俗话说，远路无轻载，时间一长背包也显得越来越重，但面对无边的盐碱洼地，同志们只能打消放下背包休息片刻的念头，个个咬紧牙关艰难地跋涉。

中午，前面传来口令，要大家边行军边吃饭。其实大家早已又饥又渴。于是，都小心地摸出在柳疃村发的那两个小窝窝头，边走边吃。啃完了窝窝头，嗓子眼里干得冒火，都想喝上口水。水就在脚下，但不能喝，有人忍不住用双手捧起来一尝，感觉恶苦麻嘴，根本无法下咽，大家只好用舌头舔舔干裂的嘴唇，继续前进。到宿营地时，天黑得伸手不见五指，饥饿和极度的疲劳使同志们都站立不稳，大家多么想饱餐一顿再睡个好觉啊！但这是不可能的，每个人只是吃了一茶缸用野草种子捣碎熬成的稀糊糊，然后和衣躺在草堆里睡着了。

2. 从滨海到渤海，饮用水都很困难

父亲所在的队伍在经过渤海区的盐碱地时，这里没有树木，没有村庄，白茫茫的一片，望不到边。

这里的水又咸又浊，可是必须用它做饭。在这样艰苦的条件下，没有一个人叫苦。同志们仍然斗志昂扬，豪情满怀。有时大家还不约而同地唱起歌："困难是巨火，把我们锻炼。我们是坚钢，愈炼愈坚强。困难是我们的，胜利也是我们的，谁能熬过这艰苦斗争的锻炼，谁就能到达胜利的明天。"①这首在抗日战争时期诞生的歌曲，一直鼓舞着他们胜利向前。

队伍到达渤海后，在华东建设大学学习，主要学习毛主席 1947 年 12 月 25 日在中央陕北杨家沟会议上作的《目前形势和我们的任务》的报告。大家学习情绪高涨，结合实际，认真讨论，从而更加坚定了南下夺取全国胜利的信心和决心。这时，生活条件也比行军时好多了，自己把粮食搬回来，自己推磨磨成黄豆面、玉米面，再蒸窝窝头吃，大家都能吃饱了。但是推磨这活过去很少干过，不习惯干，有的同志推一会就头晕眼花。可是大家还是坚持干，并且一面推磨，一面讨论关于中国人民革命战争现在已经发展到一个新转折点的认识。他们感觉越干越带劲，对革命前途充满胜利信心。

---

① 这是当时在山东解放区广为传唱的一首歌。

莒南县第一批南下干部大部分是原各区、乡的干部。县直机关有20多人，区、乡干部中的区委书记有尹世儒、纪遵义、卢洪韶，区长有裴德田，还有一部分是乡长，其他都是区、乡一般干部。

3. 北渡黄河到太行山

一天，天刚亮，南下的队伍直奔黄河渡口利津，准备北渡黄河到太行山。在接近利津渡口时突然空中传来飞机的轰响声。“有敌机，快卧倒！”一声令下，队伍迅速散开隐蔽起来。果然，一眨眼的工夫，就见从济南方向低空飞来两架标有国民党党徽的敌机。敌机一边低空盘旋，一边向地面扫射，几圈后，见无动静便垂头丧气地飞走了。这次敌机骚扰，我军人员由于隐蔽得好，所以无一伤亡。为了避免敌机再次袭击，部队决定天黑后再渡黄河。

天刚擦黑，南下干部们便在当地党组织的帮助下，悄悄地分批度过了黄河，北上队伍到达桑落墅村时，上级给筹集了一些小米，并决定晚上吃小米饭。大家听说要吃小米饭，都高兴得手舞足蹈。当吃着喷香的小米饭时，同志们感到世上再也没有比这个更好吃的了。饭后，上级决定轻装前进，每人每天9两粮食（当时是16两为一斤，约合现在的

5.625两），做好每日平均行军80里的准备。为了保证行军速度，保持体力，大家还得商议用什么办法吃得饱。

于是有人建议：现在正是开春时节，挖野菜（荠芽菜）掺在粮食里煮糊粥，既当饭又当菜，还能吃饱。荠菜嫩时尚能吃，但老了后就有点难以吞咽，扎得喉咙疼，尽管这样，同志们情绪仍然很高，只要休息，大家都四处挖野菜。

北渡黄河以后，除了越过津浦路线时夜晚乘了百把里地的汽车外，其余都是步行军。队伍经过高唐、聊城、莘县，最后到达河南省的濮阳县，在这里队伍休整了一个月。休整期间，朱总司令和陈毅司令员亲自到驻地给部队作报告，讲明了当时形势和面临的任务。不久南下队伍进行整编，父亲被编入华东野战军随营学校，这些学员大部分来自山东的区、乡干部，小部分是新四军和八路军的干部。整编后，每人发了两套单军装和两双鞋子，然后经清丰、南乐、大名、魏县和邯郸进入太行山地带。

父亲写的《太行山行军歌》是当时南下生活的写照：行军日当午/骄阳似火扑/山高不见村/足下多尘土/汗流虽浃背/战士不畏苦/歌声仍不停/今日行

山路/传令短时休/村中找干部/渴甚无茶饮/能寻凉水否/干部言此地/藏井有一处/井内堆积雪/约深三丈余/平时不启用/救急分各户/同志此时来/快将水取出/三桶清凉液/小红虫乱舞/闭眼喝数碗/立即沁心腹/共诉缺水苦/共诉旧制度/战争胜利后/决心修水库/同志请再来/清水新茶煮。

五、父亲随部队越太行山，挺进中原

部队进入太行山之前，在邯郸的动员大会上，首长明确指示，太行山狼很多，强调夜行军时不要掉队，掉队就有被狼吃掉的危险。另外，太行山吃水、用水都很困难，提醒大家做好充分的思想准备。

翻越太行山时正值夏暑季节。正如前所说，这里严重缺水，再加上天气炎热，不少同志都病倒了。在晋城宿营时，某连一排排长刘某某因中暑发起了高烧，呕吐不止。为了不让别的同志再倒下，让大家都休息，连长自己去请随军医生，亲自给他熬药，喂药，喂茶，彻夜未眠。第二天，刘排长的病情仍不见好转，于是被要求留在留守处治疗，其他同志继续行军。

不久，留守处捎来消息，说刘排长病情恶化，牺牲在晋城了。大家听后，内心都十分悲痛。

部队离开晋城后，经沁阳到达孟县宿营，从孟县出发前，每天照旧喝一茶缸稀糊粥，同时每人分了窝窝头作为午饭，并决定这天的宿营地是黄河南岸临近洛阳的白马寺。走到中午，突然刮起了西北风，下起大雨，部队冒雨前进，瓢泼大雨把同志们淋得像落汤鸡。对此，父亲有诗云："辗转随军路八千，崎岖推进向中原。浊水篷舟高浪里，湿衣泥帽望云间。洛阳城外炊烟起，命令传来快出关。"

文件包被雨浇了个透湿，有的同志脚上唯一的一双鞋子也已不能穿了，只好光着脚丫走在乱石路上。这时虽然是夏天，但淋湿了衣服后经风一吹，人都冷得直发抖。背包里的窝窝头早成了糊渣渣。怎么办？不能丢，大家只好捧起糊渣渣，和着雨水吞进肚子里，不管怎样，总能充饥吧。

1. 再渡黄河到南岸

部队到达黄河北白鹤渡口时，天已漆黑。这时，打前站的同志已请当地的老乡将木船准备好。上级决定，一个连队用一条船，趁天黑抢渡黄河。西北大风仍在刮着，河面水急浪涌，咆哮的河水像一头猛兽撞着每一个同志的心，大家都明白，考验每一个人的时刻又到了。

渡河开始了，没有月光，没有喧哗，只有风浪和同志们急促的喘息声。木船分别被两根手腕粗的绳子牵连着，艰难地驶向对岸。船到河心，风越刮越大，汹涌的浪头不时打向船舱，同志们浑身湿漉漉的，但谁也没有叫苦，谁也没有畏缩，每条船上都自然形成一个牢不可破的战斗集体。木船仿佛像一片树叶在波涛中剧烈地摇晃着，挣扎着。突然，有人发现缆绳被磨断了一根，另一根也已磨断一半。在紧急的关头，连长史公约首先发现了，他怕惊动了同志们，只是沉稳地叫大家坐着不动，他一人用手死死抓住将要断的那根绳子，与风浪展开了生死搏斗！他很清楚，万一这一根绳子也被磨断了，不但有翻船的危险，而且船只会随着风浪漂到敌人的据点孟津，那后果将不堪设想。不知过了多长时间，船终于在南岸靠拢了。每个同志含着激动的泪水，盼到这一刻。这时，连长也几乎瘫倒在船舱里，待同志明白是怎么回事时，眼里更是浸满了感激的泪花。

2. 到黄河南岸白马寺

队伍在渡口静静地集合起来，到白马寺大约还有 30 华里，饥饿和疲劳倒是次要的，重要的是到白马寺的路线不明确，迫切要找个老乡带路。但由于当地的老百姓不知道南下部队是什么人，都纷纷藏起来了。这样同志们只好原地休息，再慢慢想办法。突然，听到身后有微微的草响声，大家想里面一定有人，便扭过身去，对着草堆说：“乡亲们，不要怕，我们是毛主席领导的八路军，不是坏人。”说完以后，草堆里响声更大了，这时有人又照原话说了一遍。随后草堆里站起来一个老大娘，她刚抖掉身上的干草，不料草堆里又动起来，老大娘顿时吓得说漏了嘴：“孩子，你别动！”但已晚了，她儿子已从草堆里爬了出来。连长史公约连忙说：“兄弟，不要害怕，你看看，我们是毛主席的队伍呀！”等她们俩完全镇定下来后，又有人热情而诚恳地对老大娘说：“我们路过你们村到白马寺去，但天黑不认识路，想请兄弟带个路，到了后让他回来。”这时，小兄弟划了一根火柴，上上下下地看了一番正想答应，他娘一把把他挡回去说：“那不行，谁知你们说话算数不？”连长看她将信将疑，只好又向她讲明了我党的政策，终于说服了老大娘。最后，她把儿子推到了连长面前说：“这就放心了。孩子，快送送这些好人吧！”

由于那位不知姓名的小青年带路，部队在深夜两点到达了白马寺。谢过了小青年后，同志们才感到很累了。为了第二天的行军，首长命令原地休息，于是，大家只好在露天下依着背包，忍着饥饿睡着了。

3. 商酒务[①]锄奸，挺进中原

睡梦中，集合的哨子又响了。团首长下达命令：下一站进入洛阳。出发时，每个人发了一茶缸稀糊粥。在夜色中，大家边走边喝，朝洛阳进发。这时的洛阳已被我军强渡黄河解放了，但胡宗南部企图夺回洛阳，不断地在外围扰乱伏击。

一天，部队在洛阳南龙门附近，突然发现高粱地里有两个人在鬼头鬼脑地窥视，其中一人手里还握着匣子枪。没等对方开枪，部队已迅速包抄过去，一人见状不妙，飞快地逃跑了，另一个人被我军抓获。经审问，这家伙还是个特务小组长哩，外号叫“独眼龙”，后来被交给了地方政府。自我军挺进中原后，类似情况不断出现。商酒务锄奸，对打击国民党匪帮起到了很好作用。

后来，三营派了两名先遣队员到河南宝丰商酒务打前站，两位同志到该村后，即被秘密杀害，而且连尸体也无影无踪。这显然是一个十分复杂的情况，部队立即向上级报告了这一案件。当时，陈毅、刘伯承首长都住在此地，听了汇报后，马上召开了

---

① 即商酒务镇，现隶属于河南省平顶山市宝丰县。

会议。陈毅同志在会上说，这个案件事关重大，影响极坏，限三营在一个星期内查破此案，严惩凶手！

营领导接受任务后，立即召开会议并决定：三营的同志都必须与当地群众“三同”（同吃、同住、同劳动），目的是查找线索，尽快破案。当时正值夏季，部队给每个同志发了一领蓑衣，分头到各家各户中去摸排走访。由于工作细致，同志们取得了群众的信任和支持。结果，不到 3 天，即发现有一个老太婆总是心神不定地暗中窥视我军的动静。经打听才知道，她的儿子曾经当过国民党兵，现在是区里的一名干部，并了解到他近日行动反常，随后审讯了这名干部，审后案情大白。这名区干部原来是混进革命阵营里的特务小组长，两名打前站的同志均是被他所害。他为了毁灭罪迹，残忍地将两同志的尸体抛进一口水井，并压上石头沉入井水底。

从接受任务到破案，用了不到 6 天时间。陈毅、刘伯承两位首长在听取案件汇报后当即决定：就在商酒务南的野地里召开万人公审大会，严惩罪犯。开会那天，刘伯承和陈毅分别讲了话，并宣布对罪犯就地执行枪决。声势浩大的锄奸活动使敌人胆战心惊，他们不得不承认共产党、解放军不是好惹的。同时，也鼓舞了群众，扩大了我党我军的影响，为以后建立和巩固人民政权起到了重大作用。接着，部队继续向大别山挺进。

我父亲用诗歌记录了这段艰苦卓绝的历程：寒风凛凛/大地茫茫/皑皑白雪飞天/踏上征途远去/把三座大山搬/将革命进行到底/听召唤勇往直前/离故土/去征战/南下不恋家园。

1948年，父亲所在的部队过了大年初三便开始南下，他们转战山东、河北、山西、河南，最后到达湖北荆门昌尔坪，在这里被编为江汉军区第四军分区。

整个南下途中，除在鲁西坐了200里的汽车外，其余均是步行。部队到达离洛阳不远的一个地方时，进行休整，在陈毅同志主持下，刘伯承同志给大家作了江汉形势的报告。一万多名干部坐在大梨树下听报告，未动树上结的成熟的一个梨子。新区群众反映说："这么好的队伍过去从未见过，要是国民党反动派的军队会摘净吃光的！"因此，新区人民十分拥护南下干部，部队无论走到哪里，基层干部和群众，不仅积极主动地给部队筹粮备草，还向部队报告敌情，积极给部队当向导。尤其过了黄河再往南走，路经京汉铁路沿线的钟祥、荆门等重要城镇，这些地方都是敌军重兵把守，但在群众的掩护支持下，未遭到敌人袭击，比较顺利地到达中原地区和被分配的工作地点。父亲在《迎接大军南下》一诗中写道：“一路风尘昼夜行，大军南下苦兼程。车轮滚滚全榴炮，神色匆匆尽步兵。越野修桥开广宇，攻城夺池快流星。请看今日之天下，遍地红旗百姓迎。”

六、父亲南下，宋姨和母亲带三个孩子到湖北

1. 父亲和卢叔叔南下到荆门

1948年正月初三，父亲和卢叔叔踏上南下征途，我和母亲在岫务北边树林里别过了父亲一行，看着背着背包、打着裹腿的他们消失在远去的路途中。

那是解放战争进行得正激烈的时刻，父亲一行，是地方干部随军南下。当时的战争形势不断变化，南下部队的行程也是不断变化，从山东转战到河北，越过太行山到达山西，再到河南，过洛阳，走过紧靠龙门石窟的伊水，在洛水里蹚过河，继续南下大别山，到达湖北。边走边打，也打过一些大大小小的战役。

父亲用文字写出了南下中原的艰辛："黎明前头黑暗，灯塔照，履冰破险何难？挥手披荆斩棘，勇破难关！黄河过，到中原，长江两岸战犹酣。捷报传，吴山楚水尽开颜！"

又云："歇足堤旁，穷千里目，一片汪洋。望滔滔汉水，秋风密雨，茫茫蔽野，待命黄庄。手指襄西，眼观荆北，霹雳烟村雾渺苍。知当夕，约行经冰水，米好鱼香。倾盆不止倾缸。路无主，泥深溅足浆。前头口令，细声呼快，英雄本色，意外须防。既白东方。当街露宿，一阵鼾声入梦乡。凉气重，即衣单鞋破，何惧风霜。"

父亲所在部队从山东莒南出发，北上走过荒无人烟的盐碱地，北渡黄河到达河北，越过太行山，进入山西，途径长治，后又进入河南过黄河到洛阳，走过白马寺、龙门石窟到桐柏湖洋镇。再由桐柏到枣阳进湖北，从皇庄过襄河宿冷水铺。正是"日暮西山含急雨。急雨茫茫，正在河中舞。渡过河来天未补。泥泞路上望荆楚，满眼淋漓空饿腹。密布浓云，足陷难抬举。口令前传无畏苦"。南下路途艰险，为江山重建，勇往直前!

行军路上，我父亲的被子给弄丢了，卢洪韶叔叔就把他的一床被子剪成两半，但每人半床被子还是抵挡不住十月的寒气。

部队在南下途中，经常与敌人遭遇。夜过荆门三档铺时又遭遇敌人，他们只能边战斗边前进，再苦再累也要勇往直前，哪怕有一刻时光，休息养神，以利再战！

南下几千里，越过无数急流险难，打过无数次仗，最后到达湖北。但战斗还要继续，为建立和平、民主社会还需继续努力前进！

部队在东宫镇联欢会结束后分配工作，然后分区加餐。当时，我父亲心情非常愉快，并写下："秋色媚，云山绿竹如绘。苍茫暮景晚峰青，令人陶醉。烟溪曲径水流清，夜来寒气风味。鼓锣敲，联欢会。武装民众排队。各家争唱入高潮，动情流泪。露垂深树嫩凉生，散场谈笑言碎。月归当户晴空翠。觅知情，方仪分配。细语夙兴难寐。让年华在斗争中，正好大浪淘沙，雄心兑。"

队伍进入湖北，转战打击国民党军，消灭残匪，解放了湖北省大部分地区。战争艰苦，环境恶劣，但南下顺利进行。

我父亲和卢叔叔都被分到了荆门，荆门战役取胜后，他们在南桥区建立荆门南桥区，经过英勇战斗，消灭了国民党残余，接着在当地实行土地改革，镇压反革命，人民翻身做了主人，发生了改天换地的巨大变化！

2. 卢叔叔病重，宋姨、母亲和我来湖北

父亲南下，一直边走边战斗。在那种艰苦战争

的时局中，父亲也从未给我母亲写过信。但是父亲的老战友卢洪韶因病重在鸡公山住院，所以他给宋姨（卢洪韶爱人）写了一封信告诉说，他病得很严重，在鸡公山疗养，要求宋姨来照看他。

宋姨参加革命很早，也早就是共产党员，但不识字。她要来湖北，自己不识字，在当时兵荒马乱的情况下，她一个人到不了鸡公山，所以她就把自己的两个孩子交给她婆婆带，约我母亲和她同行。她帮着带我们三个孩子从山东老家先到湖北来找我父亲，然后宋姨再到鸡公山找卢叔叔。

自从我父亲南下后，我母亲就没有接到过父亲的信，但她认为我父亲和卢叔叔是在一起的，所以二话没说，就把家中的粮食全部卖掉，筹足了路费，和宋姨一道带着我和弟弟、妹妹三个年幼的孩子上路了，目的地是湖北省荆门县。

1949 年，在长江以北刚刚解放的形势下，还有长江以南大片国土正在进行着激烈战斗。在这纷乱的形势下，母亲要带着三个年幼的孩子，千里迢迢由山东老区来湖北，这得有坚定的信念、无畏的勇气和无比的决心！

（1）到临沂

出发时，我母亲在秦王住村雇了一辆独轮手推车，推着行李和我们三个年幼的孩子。开始了到湖北找父亲的行程。母亲和宋姨，虽然是小脚，但还年轻，她们两人都是自己步行。从秦王住村到临沂城有60华里地，虽然只有60华里，当天很晚了才到临沂城。因为我们有军烈属优待证，住进了临沂招待所。招待所给了一大桶稀饭，我们吃了，然后到一间房里住了一夜。那时候，有房子住，有稀饭吃，就不错了。我们把被子铺在地上，睡了一夜，又打听了从临沂到徐州有汽车通行。许多地方都刚解放，能有汽车通行也已经很不容易了。

（2）挤上汽车到徐州

第二天，母亲和宋姨带着我们三个孩子挤上了到徐州的敞篷汽车，好不容易才挤上去，我只记得挤得我直叫唤。因为人太多，挤得很，我人小被挤得喘不过气来，所以大呼小叫的，母亲和宋姨一人背个包袱，还要带着我的弟弟和妹妹，那个困难程度就不用说了。好不容易才到徐州，人生地不熟的，只好就在火车站广场上铺了被子，我们三个孩子睡在上面。母亲拿出自己带的煎饼，分给我们吃。突然，我看到有叫卖烧饼的，我馋得想吃，就跟母亲说想吃烧饼，母亲大吼了我一顿，说：“能吃自己带来的煎饼就不错了，哪里有钱买烧饼啊？”年幼的我哪里知道我们前面的千难万险，因为这是刚刚解放了的时候啊！我们从来没见过火车，更没有坐过火车，也不知道装人的火车和装货的火车有什么区别。

吃了煎饼，我们就去上火车，我们在徐州上的火车是装煤的、敞着的车厢。也不知道这车厢能否装人，反正是火车就行了。母亲把弟弟、妹妹抱上车后，把我往车厢抱时，由于我大些，母亲有点抱不动，结果我一下掉到车厢底下去了！我大哭着爬出来，母亲第二次才把我抱上这装煤的火车车厢里。我们就这样坐在拖煤的敞篷车厢里，一路脏兮兮地到了郑州。

(3) 从郑州到武汉

到郑州又是晚上了，在郑州火车站广场上，人来人往都是逃难的：有的挑着担子；有的背着孩子，拎着包袱。刚刚解放的国土上，充满人们求生的景象，我们也是这些人中苦难求生、寻找亲人的一群人。我们把被子铺在场地上，三个孩子躺在上面，宋姨和母亲坐着等火车。大概晚上十点钟，火车来了，是一节节的车厢，我们赶紧往车上挤，我看到一个女人拿的大包袱一下散了，里面的东西都掉了出来，她真着急呀！又要上车，又要慌着去捡散落掉的东西，真难啊！我们终于找到一节车厢，好不容易都挤上了火车，车厢里还可以坐，虽然我们几个没有座位，大家都坐在车厢地板上，但比在徐州上的拖煤的车厢强多了。

火车走了多久我也不记得了，反正又是到了晚上很晚才到汉口。到汉口后，我妈和宋姨叫了一辆人力车，车夫拖着七拐八弯地把我们送到一个旅社里，我们简单吃过后，被安排到一个房间里，又是没有床的房间，刚刚解放的汉口，对当时的我们来说，有一间房也算不错了。我们将就待了一夜。第二天，母亲和宋姨就打听怎么去找招待所。我只记得，母亲和宋姨背着行李，领着我们三个孩子，边走边问，找到汉口粤汉码头一带，有一个很高台阶的房子，我们爬上去后，找到了中南区共产党的一个办事机构。母亲和宋姨把军属证、烈属证（因为当时我父亲 1948 年春节后走的，一直没有任何消息，所以母亲拿的是我父亲已经牺牲的烈属证）拿出来，向办事员说明情况。我们是来投奔南下的干部的。接待人员马上接待了我们，立即安排我们到长江边上的招待所里住。

在招待所这个很大的平房里，摆着很多张高低床，不分男女都住里面，把我们分到这里住，我妈和宋姨带着我们三个孩子在里面住下来。这里边的床摆得满满的，我们住了两个床位。住下以后，可以到旁边一个很大的餐厅吃饭。这餐厅里摆着很多大圆桌，桌子、凳子都有，当时我觉得这餐厅好高级呀！我们在这儿住下来了，我觉得好了，总算像是到家了，有住的，也管饭！

我们在这个招待所住了十多天，因为从武汉到荆门这段路有长江、汉水，既要坐船，还要骑马。刚刚解放时的湖北，土匪、特务活动也很嚣张，怎么走才安全？所以我们在这个招待所里住了半个月之久。这半个月里我们也到汉口街上去看风景，还到民众乐园去看马戏、杂耍。我当时觉得还不错，招待所管吃，管住。但我不知道怎么才能到荆门。

和我们同时住进招待所的，有一个四五十岁的国民党军人，他是国民党的军官，他的部队被共产党打败了。因为他的一个18岁的儿子参加了解放军，他就是军属了，他和他老婆、孩子也住在这里边，他是襄樊（今襄阳）人，要回去。我妈和宋姨就向他打听，到荆门怎么走。

（4）从武汉到荆门

那个要回襄樊的人告诉我们说，要买到襄河里的船票，先到沙洋，再去荆门。我们在招待所里住了大约 15 天，好不容易才买到了到沙洋的船票，从汉江里坐船走。从汉口到沙洋足足走了半个月。因为这是民船，是那种完全靠人划浆的船，船老板用劲划浆，船才能走，所以从汉口到沙洋走了半个月。令人后怕的是，在汉川地段，我们坐的这条船翻了，因为我们坐的这条民船最小，船上的人又较多，船总是歪着走，很吓人。好在船是靠在汉水边上走的，所以船翻了后，一个小窗户露在水面上，这个小窗口就成了我们的逃生口。这小窗户本来是有块木板挡着的，是母亲在给我小妹端尿时把上面木板弄掉了，母亲为此还赔了船老板钱，具体是多少钱不记得了。大人们爬出去后，弟弟、妹妹也都被抱出去了，只有我一个人还没有出去，我急得又哭又叫，冲着一个年轻的男子喊："大哥呀！快抱我出去！"最后好不容易大家都出来了，上了岸，这行程我们经历了太多苦难。上岸后，到了一家人的家中，那家房子很大，母亲和宋姨弄了几抱枯草来烧，开始烘烤湿了的衣服，我和弟弟、妹妹就都睡在铺着借来的被子的地上。这家有一个女主人，穿得很阔气，梳着飞机头，她可怜我们，借了床被子给我们。

我妈和宋姨边给我们烤衣服，边掉眼泪，真是遭罪啊！回想着一路的艰辛，从山东秦王住村到临沂，再到徐州、郑州，又到武汉，在武汉住了半个月之久才买到船票，可是在汉川地段船又翻了，好在大人、小孩都逃了出来，没淹死，万幸！

衣服烤干了，这次叫我们上大船，开始向沙洋方向走！我是倒霉鬼，到了沙洋下船时，我因人小，还背个包袱，下船时脚没踩稳，又掌握不好背上的包袱，上跳板时一下子又掉了水里去了，后被人拉起来了，衣服又都打湿了，但也只能穿着湿衣服走。所以这次行程，经历了太多的苦难！

我们到沙洋，找到了镇政府，在镇政府遇到的一个人，他说认识我父亲和卢叔叔。我们听到他说认识我父亲和卢叔叔，真是高兴啊！

在沙洋把我的衣服烤干后，又住了一天。那时候，因为刚刚解放，也没有什么汽车、马车什么的。镇里帮忙找到了两个生意人，要他们用马把我们驮到离沈集还有几里路的地方。他们是用马驮东西卖的，他们到家了，就叫我们下马，把我们丢在了半路上。宋姨和母亲带着我们三个孩子走了一会儿，天已经很黑了，就找到一户人家，想在他们家住一晚，等第二天天亮了再走。可是当我们跟人家说，想在他们家住一晚时，老乡听不懂我们的话，说：

“什么人呀？叽里咕噜地，说什么呀？”于是不让住，赶我们走。母亲和宋姨带着我们三个孩子只得走！在那房子周围转了转，天又黑，实在没法走，就决定在那家的屋檐下靠一靠，等天亮了再走。因为我妹妹还不懂事，母亲就对她说：“不能哭，哭了怕房东听见了，不让我们在这里。”妹妹还小，有时要哭，母亲就把她的嘴捂住，不让哭，真可怜啊！到天蒙蒙亮时，我们就又上路了。弟弟、妹妹太小，走得太慢，妹妹走几步，母亲就要抱妹妹走。我也就8岁，还要背个大包袱，真是寸步难行啊！走到天黑，才到了沈集，找到村里的负责人，在那儿住了一夜。那儿有住的，还能吃饱，感觉就很好了。

第二天，村里派了人，还有两匹马，也是去荆门做生意的。母亲和宋姨都会骑马。母亲和宋姨一人骑一匹马，带着我们三个孩子，走了大半天，天快黑时，就到了荆门县城，到县政府了。母亲和宋姨把介绍信拿出来给林光科长看，林科长就是张县长（张沧洲）的爱人。他们都是山东人，都认识我爸爸。但她说：“郭克立今天到县里开会去了，下午刚走。”

我父亲在荆门南桥区工作，当时正在搞土地改革。我们在县政府住了一晚上，第二天又派了一匹马，送我们到了南桥。

（5）在南桥找到了父亲

我们到南桥后，被引到一个房间门前，我们推开那房间的门，我是在最前面看到了我父亲，他正在火盆边烤火，我立即上前大声喊道："大大!"就扑到父亲怀里，我父亲很惊奇，感觉像做梦一样，喜出望外，马上站起来，看到我母亲和三个孩子都来了，真是说不出的高兴啊!

父亲随大军南下，挺进大别山，边走边打，1948年打到荆门，经过大军激烈战斗，解放了荆门。荆门解放后，我父亲被分配在南桥又搞土改，后来参加社会主义建设；母亲也有了工作，还教土改工作队队员唱革命歌曲。

从此以后，母亲被安排在小学教书。当时我们住在一个老乡的家里。我就在小学上学，弟弟、妹妹就在家里，请老乡照看。

过了几个月后，父亲被调到荆门县委工作了，母亲也被调到子陵铺小学教书。母亲教语文、算术，还教唱歌。我继续上小学，弟弟、妹妹在家。母亲要上课，还要照顾我们三个孩子，真够忙的！当时学校操场上，经常有大批土改工作队的干部"受训"，我妈教他们唱歌、识字，很活跃。

学生上课的教室也只有一个，各个年级都在一个教室上课，一个年级上课，其他年级的学生就自习。纪律也挺好，唱歌就全教室学生一齐唱，当时，我刚上学，觉得真好！

整个操场、学校到处飘荡着：

解放区的天，是明朗的天，解放军的人民好喜欢，民主政府爱人民呀，共产党的恩情说不完，呀嗬嗨嗨咴嗬呀嗨，呀嗬嗨嗬嗨，呀嗬嗨，嗨嗨，呀嗬嗨嗨咴嗬呀嗨！

看我们，胜利的旗帜迎风飘扬！
你是灯塔，照耀着黎明前的海洋！
你是舵手，指引着前进的方向！
年轻的中国共产党，你就是核心，你就是方向，
我们永远跟着你走，人类一定解放！

这些解放区的革命歌曲，都是母亲在山东莒南“受训”时学会的。她教唱这些革命歌曲，使整个子陵铺小学校里都充满了革命气氛。轰轰烈烈的解放战争浪潮，激励着人们勇往直前，为消灭国民党反动派勇敢奋斗！

七、母亲被调到荆门县妇联工作

不久，母亲也被调到荆门县妇联工作了，我上小学二年级，弟弟郭德振和妹妹郭文兰都被送到荆州上托儿所。我在荆门城关小学，离县委很近，早、中、晚都在县委吃饭，和我一起的还有好几个同学，一个叫王莲泰，她妹妹叫王莲英，还有住在县委对面的一个叫姚维凤，另一个叫熊人桂，熊人桂的哥哥就在小学教书。熊老师教二年级，正好我上二年级。当时县委有个通讯员小范，因县委会离小学很近，我上学时，小范经常从荆门县委会厨房里拿来烙饼，在教室外窗户前叫我："爱玲①，给你送饼来了!"教室里正上课，他也不管，只管叫我吃饼。他年纪不大，十四五岁吧，他是羡慕我能上学啊！他是多么想上学啊！那时候刚刚解放，许多穷人家的孩子要上学是不可能的。所以当看到我们能上学时，小范很羡慕，他虽然当上了通讯员，但还是渴望能上学读书。

当时我父亲还有个通讯员，叫聂安仁，他有点文化底子，后来被保送到中国人民大学学习。

---

① 我的小名叫爱玲。

八、父亲到十一区工作

1952 年，父亲被调到荆门十一区开展土地改革和剿匪工作，十一区毛老店那一带原来是个土匪窝子，土匪很多，形势很危险，斗争很激烈。随后，我和母亲一起也到了十一区，本来要安排我到毛老店上学的，但那个小学校没有几个人，我只记得有一个年轻的老师，姓李。学校各方面条件都很差，我一看就不想上这个学校。但父母还是叫我在这个学校读书，所以我经常逃学，区政府离学校很远，我虽然说是去上学，实际上是在外面玩。后来父母发现我逃学，对我进行教育，说："你能上学，应该好好学习，还有不知多少孩子没有学上呢！"但我还是不愿意到毛老店去上学。

后来，我弟弟德振也到了要上学的年龄。母亲就把他从荆州幼儿园接回到荆门十一区。结果有一次弟弟德振上厕所时，那厕所就是个大茅坑，他蹲在大茅坑边上拉大便，没有掌握好重心，一下子掉到茅坑里去了，搞得一身屎，臭烘烘的。区政府食堂负责烧饭的老李看到了，把他拉了起来，把我弟弟的衣服什么的都脱掉，全部都清洗了。老李真是个好人啊，他替我母亲给弟弟清洗，弄得很辛苦。

后来我和弟弟就都交给老李照顾，吃饭什么的都是老李管我们，区政府也没有几个人，我父母工作忙，什么事情都是老李帮忙。

经过一番闹腾后，母亲终于同意我去后港小学上学了，先是我一个人去，住在一个比较小的房子里，后来弟弟也去后港和我一起上学。我们在一个大房子里，我和弟弟睡一个大床，和女老师同住。当时我本来应该读三年级，但由于学校没有三年级，就只好上四年级了。在后港小学里，我还记得同班同学中有个叫徐行字，有个叫杨香馥，还有个叫刘义珍。我们几个玩得非常好，她们还约我一起加入话剧组，我们经常到她们家中去排戏。我读四年级，学习总赶不上，因为三年级没有读。好在没有过多久，我父亲又被调回荆门县委了，所以我立即转学到荆门城关小学。这时我还是读四年级，因为在后港就读过四年级，所以这时我的学习很好了，期终考试我一下拿到全校第二名，学校大喇叭广播我的名字进行表扬，我真是高兴呀！

九、父亲任荆门县委第一书记

1. 父母亲到武汉学习

1953年，父亲被派到湖北省高级党校学习，母亲也要到武汉司法干校学习。父母都去武汉学习，我和弟弟被托付给县委干部的家属照料，我记得有县委书记孟小朋的夫人黄珍，还有田怀德书记的夫人胡叔珍都照顾过我们。当时，我们被安排在县委里的一间房子里，睡觉、吃饭都要听安排，吃饭都到食堂吃，晚上睡觉几个人一个房子，闹哄哄的，我们的自制能力又差，经常矛盾重重。黄珍阿姨和胡淑珍阿姨经常批评我，说我应该听话。

后来，我和弟弟都到荆门城关小学上学，都住校了。

弟弟德振和男同学住在楼上的一个大房间里，都把被子铺在地板上，反正是木地板，住得挺好。我们女同学在下面一楼有高低床，住得也很好。当时我记得我的两个女同学，一个叫刘光英，还有一个叫邵瑞英，她们都比我大三四岁，从前穷得上不起学，现在解放了翻了身，所以才来上学。刘光英有十五岁多才来上学，学习很努力，我读四年级，她才上二年级。还有县委会炊事员老龚的女儿龚其英也十五六岁了，但未上学。还有武装部部长的女儿邵瑞英也是十五六岁，也是从山东来湖北荆门上学的，都比我低两个年级。

以前穷人家的孩子是根本上不起学的，只有解放了，这些穷苦的孩子才能上学。当时我年纪小，对这些还不懂，可是邵瑞英、刘光英她们懂，她们之所以这么大才来上学，都是托毛主席、共产党的福。要是不解放，她们根本就没有上学的机会。刘光英就是苦大仇深的贫雇农家庭出身，她虽然十五六岁才来上学，但很努力，开始就上二年级，学习了几个月后，她的成绩就是班上最好的，因为她学习好，很快就被选为少先队的大队长，我们大家都要向她学习，我非常喜欢她。学校组织的腰鼓队，我们都积极参加，打腰鼓可以打好多花样，我们经常在下午课外活动时，可以使学校里的气氛非常活跃，让学校充满乐观向上、欣欣向荣的景象。

2. 父母亲回荆门工作

父母亲在武汉学习结束后，父亲回荆门任县委第一书记，母亲被分到荆门法院任民事庭长。父母亲工作都很忙，特别是父亲，经常下乡，这里、那里的，从来没有时间管我们。不过，大概是在1955年，父亲到我们中学作过一次报告，我当时上初中一年级。我听父亲的报告，觉得真好。

母亲在法院工作，经常审案子。我记得有一个案子，讲的是一个外号叫胡驼子的人，坏得很，专门欺骗、祸害小女孩，买小糖给她们吃，甚至包括只有六七岁的小女孩。后来他被抓起来审判，枪毙了！人民法院为人民撑腰，坏人就应受到法律制裁。

3. 父亲主持修建漳河水库

漳河位于湖北省中部，东距现在的荆门市城区18千米。漳河水库于1958年7月开工，1966年竣工。水库大坝在鄂西北山区与江汉平原交汇地带的荆门市漳河镇（烟墩镇）。水库控制流域面积2212平方千米，占漳河流域面积的74.5%。回水涉及现在的荆门市、当阳市及远安县的7个乡镇。漳河水库是在漳河上建坝拦断长江中游北岸支流沮漳河的东支——漳河而成的水库群，通过3段明槽串联成整体，是湖北省乃至全国有名的人工水库之一，也是中国9个200万亩以上的大型水库灌区之一。该水库灌区是湖北省重要的商品粮基地。

漳河水库是我父亲在荆门当县委书记时主持修建的，至今还在造福于荆门县市的人民。正如父亲的诗所写："茹苦含辛三十年，漳河旧貌变新颜。光明永远青山照，曲折虽多硕果添。战友双双生白发，橘林片片挂金丸。心潮起伏凭窗望，碧水清天指日间。"

十、父亲及老战友郭实一行到我家

1990年的一天，我请父亲及老战友郭实等一行到我家做客。我家当时住在华师西区新7栋一楼三室一厅的房子里，我在家里做饭菜宴请了我爸爸在荆门一起战斗和工作过的老战友。

这些人是：郭实，河北籍，河北保定师范闹学潮参加革命的南下干部；1950年曾任湖北荆门县委第一书记，后历任荆州地区地委副书记、恩施地区地委书记、黄冈地区地委书记。陈志明，河北籍，南下干部，1950年曾任荆门县委秘书，后来曾任湖北省委秘书长。邓愚，南下干部，河北籍，郭实妻子，曾任湖北荆门县妇联主任，荆州地区妇联主任、恩施地区妇联主任、黄冈地区妇联主任。温玉蕊，陈志明的爱人，一般干部。

他们都是我的叔叔、伯伯、阿姨辈的，我平时都这样亲热地称呼他们。现在他们都已离开我们多年，回忆起来还是那么可亲可敬。他们都是抗日战争、解放战争时期的老革命、老干部。为新中国建立、为我们今天的幸福生活流过血，流过汗，勇敢奋斗，战斗了一辈子。我尊敬他们，怀念他们，他们将永远活在我心里！

十一、我们的生活充满革命豪情

我是生在老解放区的幸运儿，虽然在解放战争期间颠沛流离，吃过一些苦，但感谢毛主席！感谢共产党！自从 1949 年到湖北后，我就从小学、中学、大学一路走来，到成为一名光荣的人民教师，我是幸福的。作为一名大学教师，在工作中我尽了最大的力量，上课勇挑重担，科研也不落后，时刻不忘自己是南下干部、老革命的后代。我觉得自己对得起父辈，是他们英勇卓绝的战斗，为我们创造、建立了美好生活。

如今，我是一个退休教师，到过一些国家和地区，国内的省份我差不多都走过，就是没有去西藏。我还特别去了那些在世界革命风暴中产生过巨大影响的地方。

如在阿芙乐尔号巡洋舰边，体味了十月革命一声炮响，给中国送来了马克思列宁主义的深切含义！

又如在圣彼得堡，在特里尔（马克思故居）、在蒙马特尔高地（巴黎公社发源地）、在巴黎凯旋门、在克里姆林宫的无名烈士墓前及莫斯科红场……这些见证过世界革命发生、发展的重要地方。

为了不能忘怀的那些伟大时刻，为了缅怀先烈，永远记住他们的业绩，我们要世代高举共产主义的伟大旗帜奋勇前进！

参考资料

（1）中共莒南县委党史研究中心、莒南县地方史志研究中心：《莒县南下干部》，中国文史出版社，2019年版。

（2）《中共莒南县党史大事记》(1932年8月至1949年9月),山东省出版总社临沂分社，1989年版。

（3）中共莒南县委党史资料征集委员会：《莒南县党史资料》第7期（内部刊物），1988年8月。

（4）湖北人民革命大学校史编写荆州联络组：《郭克立晚晴集》，2001年10月12日。

附录

郭克立诗词选

目　录

一、抗战胜利

二、解放战争

三、建设美好家园

四、忆史诉衷情

五、游杭州、上海

六、回故乡

一、抗战胜利

反扫荡

一

中华儿女战疆场，日寇逞凶愤满腔。
杀尽倭奴仇耻雪，刀枪在手保家乡。

二

朱庄血战夜昏黄，剑影刀光左右枪。
撤退无颜安父老，传来命令暗神伤。

三

野火村烟接大荒，我军埋伏石沟藏。
敌人偷袭惊鸡犬，血肉横飞去上苍。

四

细雨潇潇野望空，路边秋草泣寒虫。
炊烟不见荒村泪，鬼火癫狂汉奸灯。
捷足提衣侦敌向，引蛇出洞倭贼惊。
号声催阵刀光闪，夜半风吹血味腥。

听形势报告（1944 年春）

侵华日寇战争狂，气势汹汹似虎狼。

遍地硝烟空已洗，无村不火已“三光”。

千群悲愤杀贼勇，八路军威吓鬼洋。

三月七年[1]今揭晓，投降俘虏作收场。

日寇投降（带民兵赴临沂城受降）

一

日寇侵华草木焦，八年长夜苦煎熬。

“三光”洗劫山河碎，四处硝烟野火烧。

摸棍持刀驱虎豹，端枪在手捣贼巢。

风清月白人间亮，战地高歌庆晚宵。

二

含辛茹苦历时艰，抗日战争正八年。

流血牺牲终胜利，受降城下号声喧。

渚清沙白斜阳外，日丽云红沂水边。

万众欢呼宵达旦，歌声嘹亮月横天。

---

① 该诗写于 1944 年春，距 1937 年抗战全面爆发时间为 7 年。

沁园春

是日天晴，童冠六七，野外轻风。看茂林修竹，清流激荡，崇山峻岭，暮色初暝。消息传来，军情紧，野火春风斗古城。东洋鬼，又倾巢出动，扫荡沂蒙。　　中华儿女精英，有多少，青年血沸腾。恨疯狂矮鬼，欺人太甚。西欧美将，掩耳偷铃。持枪杀敌，动员民众，抗战八年农亦兵。胜利了，建新型社会，无限光明。

南浦（反日寇扫荡）

狼烟四起苦兼旬。日寇扫千村。捉鸡烧屋屠狗，路上断行人。饥肠饿腹沟野，恨神州大地被踩躏。中华儿女，英雄本色，刀枪手弹拼。　　走遍山间荒道，望南天，斗转晓星临。民兵设哨联防，情报互传勤。鬼子分明胆怯，怕深，更暗处冒飞军。

桂枝香（去临沂接受日寇投降）

登堤远望，一片平沙，两岸秋草。千里沂河直下，空中飞鸟。军民日夜精神抖，沐清风，斜阳正照。水深鱼浅，渔翁坐石，弯腰自钓。　　恨日寇，敢伸魔爪。我英雄儿女，悲愤难了。今日复仇雪耻，八年天晓。红旗漫卷如画，细浪推波霞光好。受降城下，人人起舞，眉开眼笑。

二、解放战争

消灭国民党军[①]（1946年冬）

山东鲁地战争繁，军队北行骤复南。
雨雪纷飞寒体栗，水泥掀地满身溅。
炮声沉密枪犹急，快速瘫痪车不前。
午夜三时全被歼，查明俘虏数高官。

雨中抢渡黄河

辗转随军路八千，崎岖挺进向中原。
腥风血雨征长夜，戴月披星望晓天。
浊水篷舟高浪里，湿衣泥帽望云间。
洛阳城外炊烟起，命令传来快出关。

南下路上（宿河北大明城）

行军夜住大明城，进入南门齐步声。
男女送茶同志喊，欢迎鼓掌表深情。
满街人往人来看，一路风吹日晒兵。
饭后教堂眠睡早，弯肱曲枕月当庭。

---

① 国民党第一快速纵队，成立于1946年9月，装备有坦克、战车、榴弹炮等，于鲁南之战中被团灭。

太行山行军歌

行军日当午，骄阳似火扑。
山高不见村，足下多尘土。
汗流虽浃背，战士不畏苦。
歌声仍不停，士气大家鼓。
当年过草地，今日行山路。
传令短时休，村中找干部。
渴甚无茶饮，能寻凉水否？
干部言此地，藏井有一处。
井内堆积雪，约深三丈余。
平时不启用，救急分各户。
同志此时来，快将水取出。
三桶清凉液，小红虫乱舞。
闭眼喝数碗，立即沁心腹。
共诉缺水苦，共诉旧制度。
战争胜利后，决心修水库。
同志请再来，清水新茶煮。

过汝河[①]大雨

北风呼啸土飞扬，大雨倾盆路浥浆。

---

① 汝河，俗称南汝河，淮河支流洪河的重要支流。

战士行匆相互助，汝河流速望苍茫。
由天而降初秋气，活水冲来一味凉。
日暮乍晴杨柳色，路旁休息自寻房。

过黄河洛阳早餐

洛阳城外草荒多，眼底村中尽薜萝。
行色匆匆衣带水，齐声快快卒过河。
稀疏炮响走偏路，解放军来送大馍。
共越关山今胜昔，烟光万里起风波。

出洛阳城南行

眼望前方日出红，腾云驾雾自升空。
车行土路人行草，马跑皮鞭狗跑风。
树下瓜棚招过客，河边水影动荒城。
夕阳西坠烟波里，战士匆匆细语声。

宿方城早行

大院高墙老树多，枝繁叶茂影婆娑。
东方既白鸡鸣埭，北望平明雀跳萝。
陌上烟云山色黛，路边杨柳水光波。
途中热土蒸双足，千里迢迢剑又磨。

雨后宿枣阳县城

毛毛细雨水泠泠，古道崎岖不易行。

路乱泥深双足重，衣单腹饿一身轻。
清风傍晚吹云散，落日余晖洒地空。
进枣阳城天色暗，寻柴弄米自更生。

枣阳县城晚炊

米霉柴湿直熏烟，有点牢骚不敢言。
店面虽开无货卖，人们只怨战争残。
风餐露宿征尘满，弹雨枪林历暑寒。
江北江南全解放，眉开眼笑是春天。

宿荆门栗溪镇

白云红叶眼中收，傍水依山石径幽。
古木清溪归鸟晚，茂林修竹夕阳秋。
蝗虫入草寻寻捉，螃蟹潜崖细细抠。
夜露初寒明月冷，衣单无被乐忘忧。

东宫镇军民联欢会

满山红叶夕阳丹，住地东宫夜嫩寒。
翠竹青松云霭霭，清溪石径水潺潺。
军民晚会乘明月，老幼前排坐并肩。
演出真人新故事，高呼打倒蒋家权。

游击赞

北山飞雪正新年，尚着单衣御冻寒。

三月未尝鱼肉味，一天游击枕肱眠。
敌人偷袭枪声乱，战士周旋胆气酣。
捷报传来情振奋，襄沙路上庆平安。

迎接大军南下

一路风尘昼夜行，大军南下苦兼程。
车轮滚滚全榴炮，神色匆匆尽步兵。
越野修桥开广宇，攻城夺地快流星。
请看今日之天下，遍地红旗百姓迎。

长湖情

乘船破浪入云端，百里长湖水接天。
碧色无穷莲叶卷，波光远耀柳枝残。
夕阳辉下渔舟舞，怒水声中夜月寒。
面对秋风人欲醉，此时江北胜江南。

唐多令

一

犹忆昔时情。黄河抢渡行。雨倾盆，阵阵枪声。初晓乍晴沙路爽，早餐后，又登程。　　辞别洛阳城，炎炎夏日中。故侯瓜，摆满芦棚。柳下阴浓人已倦，腿难举，眼难睁。

二

冬雪卷天飞。红楼酒一杯。笛无腔，任口胡吹。

车站候车人冻急，足麻木，眼皮垂。　　窗外挂牌推。争先买票回。挤蜂拥，踊跃如归。依次点名门半掩，有云影，隐朝晖。

南乡子

朝露柳含烟，两两三三觅嫩蝉。沙河沐浴风光好，毵毵①。草帽遮眉不望天。　　父老笑开颜，把手深情坐膝前。满面春风都是爱，甜甜。夸耀村中美少年。

水调歌头

野外荒凉地，茅房八九间。十年窗下甘苦，冷暖在人寰。破壁残垣幽户，老树风声深院，明月照前川。夏至蝉鸣急，冬来雪浪翻。　　书声朗，师情厚，共婵娟。读熟文章今古，悠然学圣贤。向晚山村烟紫，夜赏星河银汉，世外一桃园。日寇惊春梦，中华战火燃。

水调歌头

大难临头上，持枪举义旗。背井离乡无奈，抗日是前提。丧权辱国难忍，收复河山杀敌，策马不停蹄。倭奴心太野，神州敢我欺。　　全民愤，青

---

① 读音为 sān。毛发、枝条等细长的样子。

年恨，用兵时。炮响临沂城下，烈火惹征衣。要道交通失守，僻壤山村游击，团结众心齐。徂徕山起义，战局转生机。

西江月

遥望火红一片，战争拼杀正酣。刀枪刺去月光寒，日寇惊魂丧胆。　　男女牺牲悼念，同胞起誓挥拳。血债还要血来还，鬼子汉奸清算。

江月晃重山

一片山河故土，两群魔鬼蹂躏。互相勾结害人民。忧家国，炮火遍城村。　　日里深藏沟野，夜间出没山林。我军情报得来真。惊贼胆，碉堡入烟云。

月中行

青纱帐里夜间行。观月又观星。村中狗吠带鸡鸣。惹得满身虫。　　平心静气过公路，经集镇，野火沟明。细听分析探真情。准备摸贼营。

西江月

沭水岸边芳草，蒙山角下临沂。千村万户与云齐，真是鲁东佳地。　　战火频繁人祸，民生凋敝鬼欺。天时地利会雄师，正在扬眉吐气。

碧牡丹

（鲁南战役消灭国民党军第一快速纵队）

计划连窝捣。行军如赛跑。雪扫寒风，纵队王牌不妙。快速难逃，割断分包抄。汽车兵乱如草。

总攻到。号声催开炮。美式装备全套。运输队长好，谢谢多关照。不打收条，再送来都要。战斗完时天晓。

菩萨蛮

一夜寒风飘腊雪，鲁南战役频传捷。冷色近黎明，枪声已早停。　王牌称第一，举手投降急。坦克汽车奇，深沟去啃泥。

西江月（诸城战役）

滨海诸城古县，蒋贼偷占半年。人民决意要收还，大军云集数万。　首次攻坚试验，士兵前后轮番。炸包①榴弹一齐掀，霎时顽敌完蛋。

清平乐（临朐战役）

临朐战火，河水没腰过。担架高抬头顶托，炮弹雨淋衣裹。　枪声阵阵佯攻，城头顽敌乱惊。喊话投降宽大，要求能保人生。

---

① 系炸药包缩略。

清平乐（孟良崮战役）

战争今揭晓，预计还提早。重点进攻都完了，眼看南京不保。　　孟良战果空前，大军刘邓转南。连续歼俘百万，我军开辟中原。

菩萨蛮（辞家）

旧年新降留人雪，狂风摇树头频折。梦晓放新晴，雪停风未停。　　行人留不住，远别家乡去。举手互传杯，从此雁南飞。

诉衷情（莒南县委送别）

重任双肩受命前，欲语未先言。陈情诉说心事，装欢别莒南。　　行路上，冒风寒，雪无边。此时难忘，故地重回，知在何年。

菩萨蛮

朝辞县委频回首，行程一日人思酒。轻语慢敲门，房东细细询。　　油灯光似雾，饭后谈如故。解放不多时，无奈莫生疑。

水调歌头

到山东省委，欢送又欢迎。慰劳开会宣讲，形势聚神听。此去南行无际，天涯海角边庭，今朝计日程。华东建大[1]住，学习再重行。　长江岸，新区任，担非轻。足下茂林修竹，小河流水清。光天化日风暖，山阴积雪寒重，薄暮冷如冰。登上高低路，悬崖亦可通。

声声慢

长空雁叫，向晨星没，月落乌啼天阔。一望茫茫无际，匆匆远别。两足轻抬速步，谈笑间，唱阳关叠。豪气迈，壮心雄，阵阵军歌声烈。　举目双双情切。阴乍霁，暮色苍苍风恶。袅袅炊烟，遥望高密城阙。路上挺胸昂视，满眼人皆黑。锁眉展，灯光四顾前村歇。

念奴娇（过昌邑县城）

风吹雨散，路凝浆，不见城街轮廓。草荒墙废藏狐兔，满眼迷离疑惑。战争神圣，将军头白，百姓心流血。江山万里，风云变幻残缺。　关河路远若何。寒盈蔽野，足下翻泥雪。壮志男儿前后看，多少人间英杰。碧水长流，青山永在，勇往坚如铁。踏上征途，直捣江南江北。

---

① 华东建设大学。下同。

西江月（赞南下女同志）

革命军中巾帼，先锋队里女豪。歌声阵阵笑声高，顶风冒雪如跑。　　日暮连天清冷，饥寒住地水挑。飞尘满面不辞劳，作风争分夺秒。

忆江南

今去也，咱是莒南人。一路征尘风雪里，长江两岸战争频。昼夜急行军。

念奴娇（过黄河宿利津县城）

登堤放眼，望苍茫暮景，黄河风恶。雁阵飞来看不厌，巨浪连天浑浊。正觅舟船，立时横渡，人在迎寒黑。如烟如雾，画图难着此色。　　弹洞累累陈墙，战争痕迹，耳又枪声烈。三五行人街上看，砖破瓦残门缺。又是今朝，长途远去，报晓鸡鸣切。早餐潦草，路程开始刀月。

满江红

晚树炊烟，苍茫色，舞风飞雪。家渐远，暮云笼罩，故乡情切。北去南来因战火，晨操夜练同明月。在华东建大，剑重磨，身如铁。　　朝夕会，声色烈。传捷报，从心乐。论当今，多少英雄豪杰。复水重山行血路，长江两岸斗湖泊。愿千秋，永作太平人，清凉国。

破阵子

命令传来火急，军情有变登程。轻装减重精神抖，薄衣犹御寒晓风。操场正点名。　　病号后方疗养，妇女留居守营。濮阳抢渡黄河险，皓月当空午夜行。杨柳正垂青。

清平乐（濮阳驻地帮群众麦收）

无边阔野，麦熟忙收割。烈日当头镰紧握，密切军民合作。　　田间笑语欢声，肩挑手抱风行。傍晚炊烟缭绕，夕阳平地霞红。

千秋岁

夏初风暖，乍到黄河岸。天碧色，荒无沿。休整濮阳驻，学习传文件。柳飞絮，金黄大地麦成片。

群众忙收割，军干帮多半。镰起舞，身流汗。路上车装满，担子人轮换。收割毕，村中老幼齐声赞。

石州引（聊城拜范筑先烈士墓）

暮雨初晴，钟鼓楼前，风清夜白。中天淡淡稀星，映水团团明月。街头远望，瓦舍陋巷东西，松声老树皆非昨。矮屋透灯光，大地同霜雪。

蝶恋花（过冠县）

露雨晨曦张目广。绿柳垂杨，碧色晴天朗。冠县城中逢日晌。残垣颓壁人何往。　一片荒凉屠战场。独户商家，只卖油条嚷。口渴唇干茶水想。空留饿腹精神爽。

浪淘沙

路上起尘天。夏日炎炎。通身汗透浸明矾。足下生烟鞋里土，举步维艰。　众口笑开言。有限时间。挺胸前进快加鞭。树下凉棚瓜正卖，止渴流涎。

西江月（宿南乐县城）

远望城墙雄壮，近看街头萧条。关门锁户晚风高，解放时间不早。　有去无来人少，夜深昏暗烛烧。虫声唧唧闹通宵，近晓登途晴好。

浪淘沙（宿大明府城）

炎炎夏日风，柳暗云生，傍晚行军宿大明。一路征尘谁得似，整队歌声。　百姓满街迎，男女秉灯，城中店铺主人翁。万户千家情意表，茶水清泠。

玉楼春（邯郸休息）

初到古城休息地，夜间市委请看戏。不闻音乐已经年，满院军民高兴议。　　革命征途迎胜利，中央早有锦囊计。大军刘邓早过河，干部随从前后继。

南歌子

今夜无明月，晨星没晓天。隔河牛女又还原。正是乍凉风露，不能眠。　　露冷登途早，前方又见山。白云深处树含烟。抢渡黄河辗转，去中原。

御街行（宿武安县城）

一

山城似在云间住。直上疑无路。弯身曲背看今吾，到后方知干部。分房做饭，卫生扫地，挑水前河去。　　街长石滑防飞步。傍晚炊烟雾。无灯可借月光明，柳暗霞红布。登床入梦，鼾声震耳，一枕东方曙。

二

星光暗淡遮深树。青石为街路。晚风高处送微凉，当庭洁净如素。畅谈深夜，月明当户，不知更几许。　　家园望远无回顾。仰卧睁双目。借支门板曲肱敧，辗转难眠茶误。东方白，早餐依旧，皱眉迟睡故。

西江月（宿冶陶）

一路尘风热土，长天白日如烧。汗流衣湿足难跷，眼望前方急躁。　绿树青房入画，山明水秀冶陶。小桥流水听松涛，不禁登高远眺。

西江月

登上太行天半，冶陶窑洞深高。人家尽住半山腰，大门砖砌墙牢。　清澈小桥流水，岸栽垂柳长条。月明当户度良宵。一枕酣眠天晓。

玉楼春（宿涉县县城）

夕阳西下风尘路，细土飞扬迎面雾。肠鸣汩汩望前行，涉县城中今夜住。　门板摘下房东助，夜里无灯星照户。无茶饮水话天长，露降生凉方睡去。

小重山（长治午餐）

晴空万里日中天。飞尘扬足下，热如煎。津津汗水滴胸前。长治望，遥指古城边。　醋面和风餐。午休阴树里，尽开颜。南行路上土如烟。经磨炼，身强意志坚。

台城路（狗湾村联欢会）

太行山上风偏少，今日狗湾村早。星未掩光，月还残照，翁媪披衣庭扫。民兵老套，集合点名场，正高声闹。号吹哨响步齐跑。人人喊到。

联欢大会情好。看青年气壮，眉开眼笑。携手同行，舞台围挤，相互并肩足翘。敲锣幕报，演新事新人，艺佳神俏。共庆明天，迎接东方晓。

上西平

剑重磨，迎胜利，听开锣。闹声喧，整队高歌。联欢大会，北腔南调艺才多。红装淡抹，令观众捧腹呵呵。　　舞台左，舞台右，少男女，老翁婆。齐声称赞，兵干英模。新人真事，武生文旦，幕开遮。肩衣结伴，尽争看，敌特长靴。

上西平（狗湾村军民联欢大会）

走炎天，飞尘土，看骄阳。望今日，不误时光。宽衣卷袖，慢来迟到戏开张。翁媪男女，听锣响，并挤前方。　　睁双眼，侧双耳，翘双足，赏秦腔。音嘹亮，唱调高昂。戏终散场，万头攒动，晚风凉。回村路上，话多多，目笑眉扬。

鹧鸪天（早餐误用溺盆盛面，食后方知）

东方既白月光残。露重风轻鸟亦喧。一阵鸡鸣由近远，低唱军歌待晓天。　　胸作闷，口流酸。原来早饭溺盆添。捧腹难言其味苦，家书引笑报平安。

柳梢青（天井关午休）

野草荒山，高低石路，古井名关。岁月流年，几经风雨，颓壁残垣。　时当夏日炎炎。正是行人步履艰。传令向前，三间老屋，一阵声鼾。

定风波（晋城休息）

太行山畔石头城，瓦舍排排一色青。微雨乍晴风已定，高兴，杨柳依依不胜情。　蝉鸣正与歌声浪，洪亮，人秀水清照眼明。笑语欢言今古论，解闷，牛郎织女几时逢。

西江月（途中听陈沂军长报告）

傍晚蓝天渐暗，月明初照当头。万人齐坐密星稠，南面挺胸雄纠。　要数伤疤请比，低声细语含羞。方今战事未曾休，思想不能落后。

鹤冲天（夜间途中休息，听打狼队打狼）

茫茫夜色，解困途中歇。细语话春秋，烟传接。送来清风爽，山边上，猩红月。眉眼星天灼。乱声何处，听说有狼三百。　犹惊昨夜迷离者，无处寻尸骨，留残血。此去长江岸，时准备，形势恶。要把关山越，曾经风雨，又何惧霜雪。

满江红（午休）

古道高原晴千里，飞尘灼土。炎热日，太行云断，路人行苦。有限时间还冷热，无情大地分寒暑。待明天，把细雨和风，均寰宇。　　阴树下，时当午。醋抬卖，茶难足。腹中饥，口渴唇干舌枯。井下深藏冬雪水，手提木桶澄清渌。漂红虫，闭眼仰头吞，凉侵骨。

水调歌头（八义镇午休）

太道阳光早，千里太行山。一路争先好汉，不怕汗流煎。烈日当头如炽，足下生烟尘软，举步只思眠。两株高树下，八义镇街前。　　人如炭，茶提缸，午时天。高低曲折风雨，月有几回圆。百姓都来作问，众口齐声称赞，英雄出少年。军号催行急，上路夕阳丹。

巫山一段云（走太行）

午日中天近，行程路亦遥。太行山上欠松涛，足下土如烧。　　口渴思茶美水，河干空路桥跳，闲言碎语话无聊，缺少白云飘。

满江红

一

急令传来，情突变，黄河抢渡。天骤雨，行军何怕，水浇泥扑。日夜兼程三百里，时间早晚定胜负。奋争先，赛跑涌如潮，泡双足。　　途中饿，干粮补。贼机转，高枪举。看精兵个个，人人如虎。旭日初升天已晓，洛阳南望烟如簇。到长江两岸，迎逆风，长歌赋。

二

暮色苍茫，军情急，浓云密布。蒙夜幕，太行山下，狭原低谷。万马奔腾如闸水，千军正冒倾盆雨。远征兵，斗志胜胡儿，真神速。　晓光露，船正数。凭舵手，千帆舞。看东方放白，洛阳遥瞩。纵目横楼人不见，晨烟雾薄车鸣促。已空肠，有幸早餐丰，城南出。

金缕曲（别洛阳）

雨后黄沙叠，步无车，急行遥望，是东方白。败瓦残砖，淹没了，历代君王宫阙。身挺立，新兵枪握。唯有绿杨垂柳笑，映朝霞，几个枝间雀。三两位，早行客。　依依不舍情难割。怕胡顽，伺机骚扰，怅然匆别。日近中天逢暑热，似是行人欲绝。柳树下，故侯瓜列。信手弯腰烟蒂捡，看吞云吐雾还传接。瘾君子，苦中乐。

菩萨蛮（出洛阳南行）

洛阳城外南行速，荒村野店平芜出。午日正当头，热汗满身流。　槐荫休息罢，上路西阳下。

大地近黄昏，明月照征尘。

西江月（路过龙门石窟）

路过龙门石窟，仰头高望神仙。洞居穴处洛阳南，千百年来行骗。　　患难烧香拜佛，和平与你无缘。作为文物壮人间，算对国家贡献。

渔家傲（小河村宿营）

树掩斜阳凉有意，风来乱舞云无际。足下飞尘眉眼里，村烟起，行人路上空肠急。　　老少街头相互议，卧牛犹在河边憩。数月家书无法寄，难忘记，乡音盼望新消息。

西江月（途中风雨临汝城）

一

陡起狂风何速，推开大地穹庐。飞尘打脸自传呼，快步村中避雨。　　眼见云开日暮，过河今日无须。行程百里尚还馀，今晚宿营临汝。

二

日暮茫苍雨霁，闲云晚树婆娑。城门远望入烟波，齐步赳赳街过。　　食足庭中家话，牛星渐近银河。中原自古战争多，一样山川明月。

雨霖铃（临汝途中大雨）

浓云如扑，急风呼号，骤倾盆雨。苍茫浩渺无际，雷鸣电闪，坑天难补。手摆身摇足重，路泥陷深足。水土混，千里如烟，大地沉沉似飞瀑。

长虹忽出浮云暮，又天晴，一阵清凉许。途中半日穷窘，犹未忘，洗新双目。渐觉空肠，才用哼歌，昂首追逐。夜息后，餐饱挑灯，并卧谈今古。

西江月（过汝河）

大雨初晴傍晚，河风破浪云遮。奔流卷水泛鳞波，宛如长龙斜卧。　　足下石头相碰，眼前垂柳如纱。夕阳横照影婆娑，饭后海空天阔。

浣溪沙

摸着石头好过河，足轻头重步难挪。夕阳遮树水风波。　　上岸不宜先折柳，行军要快便村多。寻房应是好音多。

忆旧游（过汝河）

雪压冬云，满天飞絮，战争为了和平。汝河顽石，流水响清冷。北望苍茫暮色，黄河过，几日征程。村庄小，柴门半掩，鸡犬亦无声。　　房空。人不在，街头露宿，地铺天灯。晓天白东方，身冷头蓬。早饭干粮自备，无茶水，饮雪吞冰。精神抖，上路匆匆。前呼后，小心翼翼，挺进宝丰城。

满庭芳（宝封县梨行大会）

数路雄师中原集结，天时地利人和。行军半载，曲折伴沟河。　　曾遇饿狼利爪，飞机射，枪弹如梭。空肠味，严寒盛暑，苦雨冷风多。　　除苛。梨行会，同仇敌忾，振臂挥戈。守纪三章约，字句斟磨。此去新区江汉，迎胜利，战斗高歌。楚天阔，洞庭湖畔，再放手扬波。

水龙吟（湖洋镇桐柏军区联欢会）

茫茫夜色如烟，群峰四起成天险。登高远望，葱葱郁郁，阴阴暗暗。叠嶂层峦，自然屏障，前方据点。驻湖洋部队，山林出进，除妖雾，惊贼胆。

党政军民晚会，传来捷报舞台演。风清月白，更深露重，星移斗转。浮想无边，百年争战，英雄命短。要山河改变，地翻人换，国家重建。

江城子（大洪山双河整训）

层峦皑皑白云低。腹微饥。憩石矶。满山红叶，绿竹掩清溪。参天古树浓荫里，秋向晚，日沉西。

炊烟起处闹群鸡。令看齐，步难移。住地双河，整训一星期。半载光阴风险历，身尚健，马无骑。

清平乐（宿方城）

豫西丰地，战火将平息。日暮方城迎眼底，败壁还留陈迹。　　风尘仆仆人饥，炊烟袅袅云齐。取助房东桌凳，借来明月对棋。

定风波（宿唐河县城）

绿柳垂杨纵目观，唐河漠漠起炊烟。望见城门人影乱，细看，磨肩取水往来繁。　　日映云红天渐暗，明断，街头好景晚霞间。一伙堂堂男子汉，无倦，风流去向大江边。

鹤冲天（由洪山去枣阳路上）

山冈黄土，鸟道行人舞。点点水泥坑，午前雨。枣阳城在望，抬头看，肠饥鼓。云霁夕阳吐。水乡江汉，鱼米盛名荆楚。　　今天八月中秋数，寒露霜降到，衣无主。此地冰封少，当早晚，凉风许。正是城中住，破房良夜，垫仓霉米填腹。

齐天乐（由洪山去枣阳路上）

泞泥路上伤秋雨。行人似风吹竹。蔽野茫茫，水声无息，便在荒村歇足。肠鸣空腹。远望枣阳城，只疑云窟。几点昏鸦，田间伴侣互追逐。　　江汉米鱼乡地，雨潇潇积水，烤衣缝补。灶火烟浓，虫鸣夜半，当枕曲肱眠促。红天日出，试早露水凉，入侵清骨。碌碌登程，看形神肃肃。

南柯子（雨后宿张集）

白云红树美，清秋绿竹佳。沿河黄柳石间斜。但见朱衣少女，半头花。　　雨乍晴初到，风轻现晚霞。窗前月下话桑麻，围桌饮清茶。

临江仙（宿洋梓）

夜晚云收新露冷，漏房残柳小桥。一轮明月渐升高。酒无空话白，饭后煮茶聊。　　一路风吹神已倦，更深气冷体劳。襄河水急听秋涛。迟眠方落枕，晓色破残宵。

蝶恋花（由皇庄庙过襄河宿冷水铺）

寻船待渡黄庄庙。急过襄河，冷水今宵到。碧水长天虹一道。苍茫暮色西山绕。　　风雨重来山欲倒。满眼淋漓，战士挺胸跑。雾树烟村惊宿鸟。东西不辨无昏晓。

蝶恋花

日暮西山含急雨。急雨茫茫，正在河中舞。渡过河来天未补。泥泞路上望荆楚。　　满眼淋漓空饿腹。密布浓云，足陷难抬举。口令前传无畏苦。

今宵冷水鲜鱼煮。

西江月（冷水晚餐）

不见中秋明月，只听晚树风声。潇潇冷雨水无情，虫鸣唧唧难静。　新米做成熟饭，鲜鱼煎好水烹。丰餐美味腹膨膨，曲枕酣眠入梦。

更漏子（宿胡集小街又雨）

夜风凉，秋雨密，矮屋茅檐水细。灯火亮，土墙黄，破窗还透光。　虫声切，人眠却，梦到家乡归客。衣被短，不胜寒，更深待晓天。

渔家傲（夜过荆门三垱铺遇敌）

冷雨凄凄秋夜舞，行军速速轻轻语。口令频传公路阻，枪声与敌人遭遇。　南北迢迢横过路，朦胧晓色风云补。跋涉前行难说苦，盐池住，卧街休息鼾声鼓。

西河（东宫镇联欢会后分配工作分区加餐）

秋色媚，云山绿竹如绘。苍茫暮景晚峰青，令人陶醉。烟溪曲径水流清，夜来寒气风味。　鼓锣敲，联欢会。武装民众排队。各家争唱入高潮，动情流泪。露垂深树嫩凉生，散场谈笑言碎。
月归当户晴空翠。觅知情，方仪分配。细语夙兴难寐。让年华在斗争中，正好大浪淘沙，雄心兑。

浪淘沙（东宫镇暮景）

万类竞生存。草木犹新。满山红叶正宜人。石径通幽山上去，明月松云。　　有几个知音。坐石交心。服从分配有精神。起步闻鸡鸣远近，众说纷纭。

伴云来（宿栗溪成梦）

面对群山，烟含古树，满眼茂林修竹。傍晚寒溪，清凉几许，叶染深秋红族。轻轻举步牛羊下，月升东麓。不是天涯倦客，何叹岁华将暮。　　梦里离情重诉。似当年，送行南浦。约伴傍花随柳，折枝相付。一阵雄鸡唱晓，哨声响，晨炊忙碌碌。昨伴云来，今从雨去。

解语花（北山游击赞）

严冬酷暑，雪地冰天，革命红炉煮。远村日暮炊烟断，战斗兵分几路。山林没出，穿深树，绕沟轻步。伪贼匪、保长乡丁，生死难相顾。　　不愧英雄儿女。对枪林弹雨，临危不惧。国家荣辱，匹夫有责，况是民间疾苦。军区功旅，游击队，出奇相助。唱凯歌，胜利欢呼，打过长江去。

卜算子

雪地又冰天，与敌周旋妙。三五成群摸敌情，每日都回报。　分析判明真，出发无声噪。出没山林打敌人，明月松间照。

念奴娇

风来雨去，雪霜天到，仍是冬衣无济。出没山林，寒气重，不失英雄刚毅。三月未尝，鱼香肉味，自有生存计。迂回游击，走遍河谷沟底。　迎来暑色晨曦。襄沙路上，溃退多残敌。晓唱雄鸡天下白，万里长空云霁。抖擞精神，群情振奋，土匪乡顽缉。咽喉道，荆门解放朝夕。

满江红（荆门城解放）

夜色茫茫，暝无际，冷风寒彻。轻举步，满天飞雨，半空扬雪。战士单衣行似箭，横戈跃马身如铁。正此时，便雾散云开，将贼灭。　传口令，勿停歇。快跟上，防空脚。亮红光，远望讯灯明灼。浅水成冰阴影暗，朝云半掩还留黑。炮声宁，恶斗入城中，东方白。

清平乐

机枪直扫，战士如风跑。杀进城中天未晓，残敌兵荒马倒。　　宝塔山上红旗，满街灯火影迷。投降优待俘虏，军民相见依依。

望海潮（庆荆门全境解放）

嘉禾盛产，桑麻久种，长江北岸芳洲。历代兵家，战争攻守，襄沙要道咽喉。山下水清流，云生涛浪晚，绿树深幽。雾里藏烟，风中闪翠，物华留。

长年屡乱貔貅。在茫茫岁月，怏怏春秋。日寇为灾，汉奸殃祸，群贼狗盗蹦蹂。良田变荒丘。解放军来到，一扫千愁。除暴安良人奋，从此展眉头。

西江月（大军南下）

大军飞速南下，蒋匪仓皇遁逃。乘胜追击在今朝，交枪捕捉如扫。　　新区政府成立，临时设在南桥。宣传形势镇绅豪，人民大众欢笑。

三、建设美好家园

漳河水库大坝截流

十万英儿战夹沟，浩然正气扫千秋。
移山造海遂人愿，逼得漳河水倒流。

漳河情

茹苦含辛三十年，漳河旧貌变新颜。
崎岖路上倾盆雨，曲折途中力拔山。
战友双双生白发，橘林片片挂金丸。
心潮澎湃登高望，碧水青天指日间。

漳河水库晚眺

绿水青山百态娇，平湖映出彩云桥。
风光画美红楼影，胜景图浮碧海涛。
果树飘香人欲醉，渔舟唱晚鸟飞高。
烟波浩渺饥忘返，带笑老农作客邀。

清平乐

漳河冬早，淡月晨风晓。满月青山人未老，光景越来越好。　　登高远眺神清，正逢红日东升。审定移民志稿，大家谈笑风生。

浪淘沙

会议作安排。旧地重来。新朋老友话开怀。满面红颜生白发，笑逐言开。　　路曲折徘徊。历史评裁。青山绿水育人才。多数移民今已富，家电名牌。

六州歌头（说荆州）

楚天形胜，大自然留。色秀，云出岫。古城修，水村幽。历代兵家斗。烽烟久，寒霜透，人困陋。郢都朽，变荒丘。三国迹陈，折戟沉沙锈。可叹曹刘。长歌听蔽野，壮志赋登楼。加上六朝，几春秋。

说新由旧，长江寿，明月就，照东流。凭宇宙，竞奔走，望田畴。看渔舟。往事千年后，重抖擞，入神州。天独厚，雄才够，岁月稠。错认前朝，再度惊回首。绿遍芳洲。正朝阳如火，树茂风柔，熟虑深谋。

念奴娇（明星城潜江市影集）

绿荫深处，映红楼似锦，池清波漾。柳岸横桥春水足，游女画船争荡。鸟语花香，蜂飞蝶舞，田野天低旷。盎然生意，南国风光展望。　　阔步青云直上，厂房群立，窗明机亮。港澳台胞中外客，合作投资多项。乡村远景，工人新貌，幸福时装创。

楚城江汉，深化改革开放。

卜算子（咏明星城潜江）

春树万千条，杨柳迎风笑。百里莺啼绿映红，车驶林荫道。　　游客采时装，商女如花貌。一望无涯楼外楼，江汉明星耀。

浣溪沙

几度曾来武汉关，建桥三十六年前。白云黄鹤化骚坛。　　电动玄梯登塔望，江流浩瀚壮宏观。多少楼台烟雨间。

卜算子（老友讲乘飞机感受）

平步入青云，举足蓝天上。放眼山河云雾中，俯视人间象。　　遍地是城乡，田园工厂矿。满地生辉分外明，只觉身如荡。

清平乐

人生易老，齐鲁情未了。此地今年秋色早，明月故乡更好。　　彩云霞映蒙山，归来共庆团圆。昔日青年发白，迎风沭水沂川。

清平乐（武昌卓刀泉公园菊展）

年年依旧，人比黄花瘦。岁岁重阳今日又，菊展公园竞秀。　　秋高气爽晴明，迎来万紫千红。

男女争相拍照，和平美好人生。

十六字令

风，树影婆娑日昭东。轻徐步，足下踏芳丛。

松，直立悬崖叶纵横。迎风动，闪耀夕阳中。

山，树色苍茫正夕烟。秋云淡，宿鸟倦飞还。

云，绕树随风晴复阴。毛毛雨，性发又倾盆。

忆江南

一

船如闪，逆水拍堤边。浊浪排空如雪景，白鸥飞疾入云端。独自莫凭栏。

二

江中影，夜色约三更。顺水船如天上坐，航灯指向岸边行。两眼觅星星。

三

江天广，晓雾湿衣裳。汽笛声声高浪里，朝云淡淡好风光。水阔楚天长。

四

船停港，上下乘客忙。北岸明珠添秀色，南通旧貌换新装。大道正临江。

四、忆史诉衷情

秋风夜月

梧桐叶落报秋声，宝塔山前看月明。
露冷风清明月下，含悲忍泪动离情。
异乡孤旅三千里，苦雨寒风霜雪洗。
跋涉长途江汉来，不因湖北有鱼米。
人生本爱光明路，衷诉陈情那里去。
辗转沉思终未通，置之度外等闲处。
明月山中一点天，狼嚎狗叫独自怜。
曲终遥忆行人远，目障林阴望眼穿。
稀星薄雾月光残，夏衣何堪天际寒。
是非颠倒无真理，祸在萧墙左右间。
灯前月下影徘徊，北雁南飞何处苔。
不听胡弦弹夜月，缘何屈子故乡来。
夕阴潮湿苦兼旬，乱石嶙峋掷此身。
荒村永年雷电闪，病夫难盼子时春。
长夜难眠梦落花，故园依旧水流沙。
月照床前空自叹，又梦沂蒙不见家。
院内苍凉重染雾，枯枝斜坠河边树。

低声细语九回肠，凝神默读登楼赋。

情思

革命从来不计酬，天南地北度春秋。
云中绕路深山里，水上行船白鸥投。
坎坷何曾生死虑，辛酸自若亦风流。
崎岖曲折心常静，寥廓江天万里眸。

读《报任安书》

忍辱非因为苟生，胸怀苦涩恨冥冥。
绵绵万语心肝碎，字字千钧肺腑铭。
意冷神灰还蓄念，九回肠断尚陈情。
直言罗祸通今古，血泪文章血写成。

登春秋阁

春秋阁上读《春秋》，义气浩然贯斗牛。
半壁江山为蜀将，三分鼎足斗吴侯。
骄风待满留遗憾，傲气招来永世羞。
一失足成千古恨，大江依旧枕寒流。

春雪

登高远望野茫茫，大雪纷飞似故乡。
四十年前还旧梦，三千里外忆方庄[①]。

① 故乡郭家方庄。

寒鸦乱舞空喉抖，冻鸟争鸣觅食忙。
好景当春情更切，鲁人欢喜楚风光。

于荆门招待所（1960年12月）

门外无人问落花，门前有狗守穷家。
耕田只有牛如鼠，攀树折枝手似叉。
不会游时偏下水，虽能咽粗却无牙。
糊涂事就糊涂了，不做明人本傻瓜。

梦

正在周游宇宙间，三更梦醒白云边。
若非神女邀相会，定是牛郎约上天。
祸不单行鸡犬失，害能双到瘦驴牵。
寒肤冻足心如铁，独自愁看对面山。

借题

借问此行意若何，雁声嘹唳逐云过。
青风砭下悲秋草，白露湖边望冷荷。
两鬓如丝霜并雪，一年今日卒过河。
北方无雨南方涝，逝者将来扬素波。

偶思

万家灯火没蒿莱，纯朴民风安在哉。
胜地繁华玩鹊犬，青天寂寞放鹰豺。

人间往事知多少，眼下从今忘未来。
野草虽然烧不尽，灰了又生生又灰。

异想

汉阳曾去赏琴台，但愿红梅再度开。
昔日无心常纵酒，今朝有意只玩牌。
苍天滚滚云流急，暮雨潇潇水底埋。
异想难开有何用，不如随便自由来。

行客

橘子洲头送客频，湘江绮丽对寒云。
洞庭秋色风光老，斑竹泪多月夜魂。
昔日人乘黄鹤去，今时只见夕阳深。
东流滚滚长江水，此去何年不忘痕。

乡梦

玉露凋伤枫树高，秋山冷肃木萧萧。
行人不见当年路，古道难寻昔日桥。
暮色苍茫河水细，炊烟缭绕杨柳梢。
乡关霭霭何处是，借住渔船月夜消。

乡情

百户人家一姓村，河沙岸柳犬鸡闻。
蝉鸣密树清流急，蛙跳方塘识浅深。

暑往寒来争日月，夙兴夜寐作世人。
太平年景本无事，日寇侵华卷战云。

梦得

梦里方知离绪恶，闲情逸致无从说。
湖中洁净剩残荷，世上空谈官馆阁。
一路风波萧瑟客，昔人已去乘黄鹤。
如今谁是活神仙，闲话渔樵老沟壑。

通州秋雨夜

苍茫暮色罩通州，细雨潇潇日未休。
滴水新凉催冷色，满城秋气化寒流。
灯光暗淡摇红影，足迹朦胧叹白头。
戏罢归迟方觉困，梦乡何处解清愁。

秋夜观菊

岁岁重阳菊盛开，凄风苦雨斗寒来。
百花丛里堪称最，绿叶群中抗早衰。
月下含杯茶代酒，窗前席地树生苔。
故园虽远新园近，阵阵秋香此处栽。

五更寒

荆门要道失之偏，累石龙泉独得天。
缝里生民多是病，空中望月五更寒。

路遥云树遮行径，市远人妖乱跳盘。
此去桓台何所惧，斗争声里养怡颜。

深秋光景

冷冷清清已届冬，城河岸上草犹青。
白云山上千秋树，黄叶路边百尺桐。
游客不知时令改，故人常念老来情。
烟波日暮桥头望，曲径归迟带月行。

船中

暮上客船万里航，岸山云海雨茫茫。
芙蓉国里洞庭景，黄鹤楼中玉笛腔。
碧水连天霞一道，暖风熏睡日初长。
无穷宇宙丹丘①在，何处人生不故乡。

关帝庙感赋

叱咤风云一世雄，青龙偃月伴终生。
华容道路将恩报，归命麦城索头声。
有义有情无有理，非真非假亦非空。
今来古往人间事，难得糊涂难得明。

---

① 传说中神仙所居之地，出自《楚辞·远游》。

早春晨曲

一

早起披衣纵目观，长河已没晓星残。
仰看鸟跳池边树，近映花摇水底天。
行到板桥溪吐绿，傍平湖岸柳含烟。
楚春三月江南北，细雨斜风又一年。

二

袅袅东风催柳芽，杏桃园内出墙花。
子规啼血争鸣急，细雨如烟景色佳。
北望云山天地外，西来水带楚荆华。
断桥危石林荫道，一路长杨几户家。

三

晓天之后近山行，夜雨绵绵昼复晴。
树里云间芳草水，崖高石缝劲松风。
斜阳射影林如海，曲柳垂枝叶似虫。
草浅头低思绪乱，霞光暮色动离情。

江雪

忽然当夜北风来，雪压玻窗晓未开。
梦里不知身是客，江中远望水堆台。
船行后浪推前浪，酒尽余杯又碰杯。
众说纷纭评日报，南通港上乱鸥飞。

夜思

每日时当夜睡间，梦中飞蝶闹湖天。
九霄云外三千界，一枕醒来独自眠。
已往情深红杏雨，于今许久恋桃园。
不知有汉何言晋，世事沧桑一纸间。

寡闻

久在壶中日月间，不知天外还有天。
门前汩汩寒溪水，院后萧萧翠竹轩。
梁上呢喃春燕子，树深清露夏蝉喧。
桃源路上渔郎问，孤陋寡闻坐井观。

夜行江岸

夜在春江岸上行，青山隐隐水泠泠。
一双眉眼星光闪，十二楼窗月影重。
两鬓银丝飘玉带，长桥铁链锁霓灯。
酒香门闭人何处，不禁轻呼一阵风。

春夜

夜降春光月色新，楼台倒映柳池滨。
身居闹市思良友，客在他乡忆故人。
花下徘徊留暗影，星间冷淡恨闲云。
蒙眬睡眼连衣卧，窗外日高草木深。

牡丹

牡丹堆种放春花，陋巷荒园独一家。
每日静观皆自得，映窗吟兴亦生涯。
枝间偶透阳光点，叶底常留雨后葩。
细草微风都是趣，休间亦饮自由茶。

乱题

杏花微雨走江村，古树烟波草木春。
燕赵英雄儿女泪，江湖义士布衣人。
梁山好汉垂青眼，易水寒风扫暮云。
一曲悲歌成独唱，酒魂高兴引诗魂。

江景

正是杨花柳吐绒，河豚欲上忽阴晴。
风和日丽芦芽短，水涨船高草色青。
两岸山移人未动，孤帆远影鸟飞空。
鲈鱼正美不归去，砥柱中流自在行。

冬夜

不脱棉衣卧月明，寒鸡频作故乡声。
已知身在荆州好，难忘儿时沭水情。
梦里常看羞怯面，醒来还忆醉娇容。
大江南北风光美，每日桥东自在行。

江边行

雨后天光接水光，大堤千里柳成行。
船行水上无轻重，日照人间有弱强。
万物宏观皆自得，一生成就费平章。
深思熟虑昏头脑，晚风江上送新凉。

农村春貌

绿竹藏门石径弯，梨花满地碧云天。
鸟鸣深树斜飞燕，路上行人歇摸烟。
扯草栽秧耕沃土，移苗种菜弄溪园。
青山日暮牛羊下，老翁扶杖目前看。

乘船

日暮登船乘客欢，茫茫夜色月光寒。
迎风急浪东流去，逆水惊涛指顾间。
此次长途平夙愿，从来远道好奇观。
人生路上情无限，不可逍遥一尺天。

沁园春

夙愿今偿，无端落木，节日重阳。幸登高远眺，山重水复，清流直下，瀑布飞霜。水急溪深，沙明草碧，万里长空接大荒。秋风劲，是寒来北国，雁去南疆。　村幽竹翠花黄，举目望，茅亭酒正香。奈暮色烟暗，峰回路转。霞光烂漫，日落风凉。雾散云开，星深月淡，夜幕初临露浥浆。车速稳，即逢崖遇险，不必慌张。

金缕曲

万事惊回首，忆征途，是非多少，苦甘兼有。秋尽冬来霜压草，恨未青山遍走。今休息，平生厌酒。已去年华双鬓白，复何求，觅地栽杨柳。身尚健，步雄赳。　　清风两袖精神抖。菊数盆，艳花傲骨，脍炙人口。江上烟波东流去，一叶轻舟钓叟。浪堆浪，惯看鸥友。迎目夕阳涛声晚，落霞孤鹜飞寻偶。思无乱，脑防朽。

摸鱼儿（长湖秋色）

碧云天，晓临清露，满城秋色古木。兴佳情好重阳近，潇洒一回偿夙。心有寄，足有力，长湖岸上高瞻瞩。行人踯躅。看水底云光，湖边柳影，地上草如扑。　　今来此，望一翻萧萧肃。残荷风卷犹绿。西风不愿栽杨柳，故作低姿相妒。江中水，江北月，云中雾里何时出。操心最苦。日暮莫忘归，炊烟四起，迟早都须宿。

玉漏迟

暮春行古渡，轻风淡扫，落尘无数。绿树阴浓，平野望深云出。画图似燕来莺去。男女伴，良时难得，眉飞色舞。　　傍晚路回人转，自缓步当车，有朋游侣。放眼周天，尽是炊烟如缕。众鸟争飞四散，二三鹦鹉。天已暗，盼夜降知时雨。

唐多令

夜读未思眠。月明呼玉盘。忽知春已到人间。阵阵轻风银汉暗，庭中踱步宵寒。　　不禁忆沂川，长河没晓天。露华滋，独自凭栏。有幸余生身尚健，永庆平安。

卜算子

兄弟各西东，两地皆风雨。虽有音书不忍看，你我都难处。　　劳动本常情，改造荣名辱。雨有晴时月有圆，雾散朝阳出。

诉衷情

江城夜半少行人，气爽正秋新。谁家院内灯亮，明月雁初闻。　　今日事，假通真，莫伤神。故园虽好，身老荆州，乡念永存。

八声甘州

正初冬季节薄云天，不雨亦无风。望陌头杨柳，枝残叶落，霜下英雄。一片冰清玉洁，隔岸听涛声。迎目归飞鸟，江水淙淙。　　郊外东行徐步，尚眼神炯炯，兴佳情浓。举起双肩臂，惯看夕阳红。白蘋洲，登堤远望，不禁峥嵘。心澎湃，激烈人生。

五、游杭州、上海

西江月（杭州火车站）

淡月清风朝露，晨星弄眼衣单。红楼入目尽争先，行人进出呼伴。　　门外喧声四起，院中灯暗高悬。来来往往觅房间，梦里鼾声达旦。

木兰花令

东风袅袅平湖阔，呢喃燕舞清波咽。渔翁钓罢未曾归，醉酒鼾舟红未抹。　　冰消雪释车轮滑，傍晚寻来男七八。行人路上问何因，且去桥头观水月。

永遇乐（游杭州西湖）

形胜东南，客来西北，正重阳节。云影徘徊，水光波荡，气爽空中洁。岸边杨柳，寺中烟雾，信步苏堤沙白。夕阳霞，暮山苍翠，辉映画船红博。

平湖细浪，瑶琴频奏，莫道此行无得。夜月清风，青山绿水，更使秋添色。浮鹭耀波，静形凝碧。月桂飘香节。路无穷，朝来晚去，依依惜别。

渔父（杭州路）

街上走，门前顾，商店琳琅满目。人行便道车行中，叶落梧桐秋赋。

渔父（上海方浜中路早市街景）

早市通街两面排，鱼鲜肉嫩各方来。　　蚕豆胖，草莓肥，公平买卖价摊开。

渔父（城隍庙门内晨练）

老翁夫妇并手牵，吴姬越女并潘安。　　轻举足，比齐肩，弯腰起舞庙门前。

渔父［上海近郊一幕（上下段）］

红楼一栋近池塘，渔翁钓罢晚风凉。　　灯放亮，鸟飞藏，茶余饭后话沧桑。

归来夜酒肉鱼香，特区开发建楼房。　　看电视，赏风光，喇叭声里听南腔。

捣练子（外滩轮渡）

晨露重，晓风轻，外滩明亮路华灯。汽笛声随人去远，渡船来往浦西东。

捣练子（南浦大桥）

双目眺，似天高，盘旋直上入云霄。春水绿波今胜昔，步行南浦看星桥。

捣练子（杨浦锁拉桥）

遥望处，浦江边，拉锁桥横两岸间。玉路行空虹一道，吴淞口上壮奇观。

捣练子（浦东电视塔）

高塔立，与云齐，一颗明珠望眼迷。上九重天揽日月，光芒四射入虹霓。

江南春

一

烟袅袅，路迢迢。船行春水绿，雨打碎萍漂。东方开放西方亮，人尽其才齐弄潮。

二

江水涌，逐洪流。人随云竞走，色在浪中游。长桥闪过船行速，山外青山楼外楼。

三

春树绿，雨凝眸。方池荷叶放，翠竹水村幽。山如画美云横目，门外轿车是酒楼。

如梦令

曾记乍来申沪，老友新朋欢聚。温故亦知今，生动语言风趣。风趣，风趣，多少别情离绪。

如梦令

小巷大街看遍，中外古今商店。货架物资丰，满眼琳琅绚烂。绚烂，绚烂，忘记午时餐饭。

长相思

一

进酒楼，坐酒楼，楼内喧声头碰头，慌忙小姐求。　　自悠悠，慢悠悠，得到开餐正午休，周身热汗流。

二

客满船，脚满船，船到江心若近天，来回两岸间。　　男翩翩，女翩翩，男女翩翩正少年，后生可畏焉。

六、回故乡

故乡行

细雨春风满古城，清明未到杏桃红。
蒌蒿上市芦芽短，故地重来乡土情。
老屋陈楼全不见，新街旧友问询行。
居家住户深门里，笑出相迎半媪翁。

初夏江村

入夏江村景物幽，渚清沙白戏群鸥。
嫩荷初放芦芽长，大麦刚收枣叶抽。
野老数人评席酒，渔夫并妇下针钩。
门前柳树随风舞，扑捉杨花解客愁。

家乡美

沭沂河岸小平原，百户人家事桑田。
女织男耕生活美，妇随夫唱夕阳天。
红杏出墙春意闹，小桥流水自然欢。
别有一番滋味在，风光结下四时缘。

风雪景

乱云飞渡雪花扬，四野天低晓色苍。

白屋矮高遮玉树，琼楼上下掩玻窗。
寒鸦万点穷双目，冻雀悲鸣饿细肠。
此刻遥知齐鲁美，沂河西岸好风光。

江城雪日

北风吹送长江雪，夜里眠长梦亦多。
近想遥思催老泪，晨操暮练听新歌。
音书来自天南北，电话常从耳角磨。
大地冰封如素裹，兴高今日意如何。
北风连夜家家雪，各扫门前一路脚。
树结银花水冻冰，羽衣绒服车中客。
新年旧岁齐天乐，旭日春光大地洁。
身在楚江为楚人，相逢佳节思乡月。

梦

本是山东一鲁人，来从楚地扫残云。
风华正茂书生气，岁月艰难洁此身。
大雨倾盆风雪里，浓云密布几秋春。
青山依旧躯还在，一代江河一代新。

霜天冬晓

一

星河没晓望江南，月挂城头少半边。
汽车停路灯光闪，乘客开窗望眼穿。

碧水蓝天唯树静，银装盖地觉冰寒。
有情人奈无归计，梦入童年乐故园。

二

出门将晓仰头看，面试晨风并不寒。
足踏桥头明月走，河边水底电灯悬。
大江南北皆霜肃，远树高低收眼前。
鸟语如歌春气到，长湖北望水连天。

乱题

春风得意破寒冰，一岁光阴一岁终。
万物静观皆自爱，四时生活与人通。
自然界里多灵性，大气层中可悟空。
仰顾天光看不厌，不知今日地球情。

野望

徐行石径向田家，倦鸟闲云噪暮鸦。
晚树风声吹绿草，夕阳辉下笑红花。
桥低水浅潺浸去，路隘渠高自落差。
枯木逢时春意闹，欣然命坐野人家。

梦

上得重霄入月宫，九天云外访群星。
不同时代不同梦，异域风光异域情。
满目江河湖海绿，一身冰骨水沙清。
潇湘有事君山去，斑竹几枝泪转蓬。

梦家

梦里寻常忆旧家，蝉鸣绿树走河沙。
少年英俊多兄弟，半夜无声看月牙。
小小风波惊邑里，常常雾雨卧听蛙。
奈时无计书难读，步上征尘感物华。

圆梦

九霄云外碰蓝天，踏月寻朋人未还。
世界大同君子国，此间无处不神仙。
百年魔怪蹂躏地，一唱雄鸡伊甸园。
继向空中寻广宇，星球决战续新篇。

天仙子（登千佛山）

自远方来明月朗。故友重逢相拜访。今朝有兴又登山，精神爽。钟声响。目映斜阳高庙往。

夏木阴阴阶石磉。古树苍苍天地广。寺中僧众已无多，香火赏。经还讲。中外游人捐赠养。

东坡引（游济南市）

天光云淡淡。长街济南看。经三纬七都行遍。斜阳商店幔。斜阳商店幔。　　归来数日，朋友相见。走老路，如飞燕。黄河激浪心头乱。长年音信断。长年音信断。

风流子（游大明湖）

久别到今。乡关近，更觉物华新。看杨柳绿姿，大明湖畔，各方游客，中外嘉宾。水映斜阳轻荡漾，几度变风云。乐土故园，昔犹难忘，此心佳景，胜过行人。　　幽雅音声细，楼台上，男女赛弹琴。若醉若痴，此时何以销魂。听舫亭玉笛，歌声悦耳，水光风景，暗自凝神。百感中来，即随心去沂滨。

洞天春（趵突泉）

一

莺啼柳岸蝉吵。几亩方塘大小。树下游人正寻找。燕低飞虫了。　　泉中汩汩水搅。似散花天女巧。可见游鱼，翘头红白，儿童争瞟。

二

画山斜阳倒影垂柳。荡漾天光似抖。尽道人间是稀有。盛名传许久。　　迎来远客近友。赏遍湖泉美酒。醉眼蒙眬，锦包装满，新衣抖擞。

东坡引（别济南）

人声喧未散。济南火车站。迎来送往街头乱。临行还留恋。　　如今去也，何日重见。六合外，难盘算。平明夜破朝阳炫。扬头回目看。

应天长（青岛栈桥）

一

游山未倦，观海兴浓，宽街侧巷重数。抖落一身尘土。乘车眼神速。人相伴，原路熟，手远指，栈桥迎目。有云影，淡淡清风，碌碌男女。　　话又说当初，正是凉天，夜伴风霜苦。海角无涯白浪，群鸥互追逐。重回忆，千里足。不几日，北来南去。相机举，似梦醒人，端立如木。

二

亲朋聚首，杂院老楼，清风子夜明月。恰近中秋佳节。心情重如铁。江南北，民俗说。叙旧事，也谈新页。晓星露，一阵微凉，屋外生白。　　烽火乱时日，岁久难忘，还记故园学。曲折路，山遥隔，音书话离别。天长在，人鬓雪。这短聚，慰情安渴。乐一晚，千里云间，如梦如蝶。

应天长（海滨浴场）

闲云散去，时正夕阳。遥看男女游技。仰泳侧身娃窜，扬波水中立。人间乐，堪育体。竞胜负，浪飞眉际。阳光下，掩足埋胸，正卧沙息。　　将幕有渔舟，荡桨迎涛，相映水蓝碧。向晚热风成浪，天光碰船壁。昂头看，犹忆昔。游兴倦，目深斜貌。

愿美景，再度重来，期待何日。

折桂令（兖州情）

火车停站，正初秋，沙堤柳岸蝉鸣。乘客分头，各自向前程。望无边，斜阳路上，杨柳清风。郁郁葱葱，古树城东。宽长大街，尽南来北往，闹市喧声。

变化真多，看河边，鱼泛微波水清。立桥头望，正凭栏，男女儿童。此时晚景，知是乡情。暮色如沂沭美，家中夜月明星。

折桂令（莱阳一日）

路边灯下，听呼声，寻房问店乡音。明月当空，夜露嫩寒新。正酣眠，朝阳入室，衣被犹温。梳洗事毕，饭后河滨。桥边站，过客南来北往，碌碌风尘。

久有传闻。半岛湾，民富财丰海深。日西游遍，尚徘徊，暮云收尽烟村。竹丛门掩，校舍楼群。快步园中询看，心潮起伏凝神。

折桂令（板泉镇山会）

别来三十六年前，乡风未改情深。杨柳依依，路上满行人。笑声欢，秋光绮丽，平步轻尘。千里百里，左右芳邻。同声异声，望街巷尾，远近农民。

客贩行商，土特洋，中外名牌假真。物资交换利均沾，各为方便时今。水边岸上，高唱低音。历尽沧桑山会，每年两季秋春。

望仙门（青岛水族馆）

室中温度暖如春。迎目新。玻璃水柜泛金鳞。久传闻。　　满眼迷离镜，千奇百怪波吞。远方来客此中临。胜景亦情殷。

燕归来

一（访友）

水碧沙明柳叶黄，早起晓风凉。老兄阿弟在身旁。眼垂泪，果飘香。　　深秋夜月门庭内，人坐满，叙家常。天南地北话城乡。话不尽，别情长。

二（访友）

拂晓骑车沈八庄，访友叙衷肠。老人闻信聚新房。情不倦，话沧桑。　　音书断叙时间久，思乡梦，去河梁。峥嵘岁月鬓飞霜。几远走，几存亡。

三（去相沟）

片片新房替旧房，满院果飘香。故园长别乍回乡。战友老，语言伤。　　南风午日正秋光，初来到，叙家常。男男女女满庭芳。说带笑，话无章。

雨中花（沭河情）

行傍河边沙面。入年风声相伴。目送朝阳，晴空碧霭，老柳垂杨岸。　　昔日故乡，今日变，庄稼水浇灌。举目立桥头，心潮起伏，清澈知深浅。

迎春乐

亲朋远近齐来早。手提篮，袋装枣。饼香甜，苹果花生炒。日月美，皆温饱。生活富，勤劳双手巧。思往事，旧情难了。惯看清风明月，也是家乡好。

秋夜月

泉清水浅流声切。秋风落叶明月。新人全不识，故友到来头如雪。　　时间有限情难制。夜渐深，河岸伤别。霜冷人散歇。睡意失，朝阳似血。

满江红（枣庄与德修匆聚匆别）

久别重逢，童年梦，从头细说。同室读，比争高下，小儿时节。战火燃烧亲友散，风云突变乡关别。共此时，便海角天涯，音书绝。　　潇潇雨，长长夜。心似石，身如铁。路崎岖，苦斗寒霜冰雪。一介书生兵马走，两斤行李关山越。又谁知，从此老荆州，秋江阔。

一丛花

沂蒙秋尽草霜凋。风急白云消。牛羊触角摇头望，牧童俏，歌美音娇。山野菊花，犹存韧叶，频晃枝条。　　今朝如浪逐心潮。松带亦宽腰。仰天只望齐鲁，故乡土，欲上云霄。北斗南杓，河边明月，共度良宵。

满庭芳

一

野旷天低，新成大道，汽车来去无休。路边秋草，尘土黯然收。绿水人家翠鸟，空飞闪，惊响鸣啾。翁姑话，天阴欲雨，防冷着衣稠。　　深秋。黄叶地，风吹乱动，北雁南游。看已近寒冬，暖气还流。引兴笑谈时事，雌黄口，掩面含羞。行人进入经商店，休息两层楼。

二

沭水沂河，沙洲凝碧，水浅流慢秋冬。九天云白，斜日照风清。两岸烟村暮霭，一点点，鸟雀惊风。桥头上，行人止步，呆望夕阳红。　　旁听。家国事，亚非拉美，海阔天空。正提高威望，如日东升。辩说津津有味，欲息争，争也轻声。时间久，回归路上，月照故乡明。

浣溪沙

一

望月登楼是否圆，天光似水水如天。大洋西岸盼婵娟。　　远隔千山家万里，重孙未见两心牵。明年明月几回看。

二

夜色朦胧笑眼开，行时常念盼归来。暮秋天冷月初裁。　　流水有情西日晚，飞机是快恨无财。每逢春节盼回归。

三

说是今年胜去年，红包备好袋装钱。恼人天气夜光寒。　　电视机开先广告，新闻看罢又宣传。歌声晚会话连篇。

浣溪沙

一

老树深林别有天，夕阳无语照青山。儿童傻笑尽情欢。　　眼下无人愁害病，灯前少伴怨冬寒。楚歌高唱月难圆。

二

院内青天坐井观，范围不大也心宽。陈年旧调老重弹。　　一旦三餐温亦饱，重阳有酒也除寒。还能可惜不相关。

如梦令

一

日暮云生松罩，烟雨欲来如泼。翠滴晚晴出，丽色动人心活。重叠，重叠，胜似蓬莱仙阁。

二

天上人间无别，来去自如云脚。水远江长，西望夕阳红烈。黄鹤，黄鹤，千载白云明月。

三

山雨欲来风骤，都把乱云装袖。落叶暮光中，明月夜时难有。吹透，吹透，今夜可能无酒。

满庭芳

尾夜推窗，晓鸡初唱，乍寒忙把衣添。出门遥看，新雁出边关。水碧沙明一栈，苔还绿，正艳阳天。飞南北，出生入死，来去止衡山。　　人间。云雨里，维艰济世，济世维艰。太平不真平，从古今谈。前后百年再顾，心头上，始觉安然。迎风站，临崖直立，思绪太无端。

虞美人

一

登城北望家何处，只见云和树。乱乌飞落是高丘，一样山川明月洞庭幽。　　心情万种南飞雁，清风明月伴。莫将佳节引离愁，梦里沭河秋水自悠悠。

二

乡心未泯情难断，惯听南飞雁。乱沙滩上暂栖身，眼里秋江流水更清新。　　潇湘夜月留清怨，想起沂河岸。十年归梦鲁东南，每看清风明月念前川。

三

昔时童友皆分散，忘了何容面。不知何日再相逢，梦里儿歌醒后又无声。　　某翁白首神仙像，只住轻舟上。舟中自睡木头床，恍惚披衣搓眼梦黄粱。

四

三天两次糊涂梦，只是空高兴。从今不再乱疑猜，免得劳神伤脑又重来。　　长江岸上秋光好，昔日情难了。山河秀美旧时人，喜看渔樵山水太平民。

木兰花慢

一

上江堤北望，树层隔水山重。奈千里风寒，新年乍到，几度秋冬。天倾。淡云聚散，一江春水渌流东。随着心情远去，似到沂蒙。　　楼中。梦入三更，芦荻岸，正飞蓬。冷眼对苍山，楂红满树，枣晒当庭。登城。又寻旧迹，故人来对面站无声。河水泠泠入目，月升云梦惊醒。

二

早霜如雪白，晓天碧，水凝冰。奈寒气侵肤，清风扫面，鸦雀无声。平明。老人健体，演兵场上。学剑拉弓。前后叉腰慢步，举止轻盈。　　楼东。日出红彤，身剑影，树江风。足下踏朝晖，池边走去，放眼清泠。生情。上天有路，去来随便月里常登。云外空间宇宙，故园佳客欢迎。

蝶恋花

水打江堤风浪搅。军队人民，合力齐心保。日夜巡逻堤上跑。泥中水里如黄鸟。　　哪里有声哪里找。补缺填空，预报晴阴表。抓紧时间休息好。平民百姓常呼佬。

蝶恋花

何处飞来能说鸟。一色金黄，嘴又灵尖巧。到了湖天将舌咬。跳来平地秋虫找。　　现作笼中囚自讨。日久天长，也只求温饱。可是难随心性跑。寸方之地度昏晓。

捣练子

一

星聚挤，月流黄，暗淡无声亦少光。细水浅泠风扫荡，早霜初降冻朝阳。

二

云自去，客难来，梦里童朋笑口开。借问江南何地美，玄武湖并雨花台。

如梦令

一

北国风光冬景，雪在冰封寒冷。日暮起黄风，不见太阳人影。行径，行径，前路不知灯炯。

二

早起风寒冰冷，石径人行留影。古树送涛声，山上野鸡飞迴。如镜，如镜，池水晚天新景。

三

急步前行身挺，两两三三行影。几个小顽童，拿着木头掏井。高兴，高兴，双兔怕冻藏孔。

四

夜里寒光星炯，月落乌啼冰冷。近晓乱鸡鸣，众鸟当庭争哄。霜重，霜重，饥饿不堪惊恐。

玉楼春

一

东风荡漾春池水，鸳鸯作戏频交尾。鱼浮上下咬金钩，老翁呼女芦芽美。　　儿时不解愁滋味，远去他乡慈母泪。当年抗日去参军，南下过河先遣队。

二

楚天之下荆江闸，大汛成灾洪水纳。每年加固老堤防，又在新修三峡坝。　　风光秀美山如画，植树成行全绿化。果香鱼美不须归，人住高楼皆广厦。

行香子

一

远望山冈，日影飞光。鸟鸣树，云白风凉。野溪流淌，会意寻芳。喜洞庭秋，大湖丽，楚江茫。

鸳鸯戏水，啃草牛羊。汽车声，惊兔彷徨。暮春天气，翠柳垂杨。念晚情浓，淡云薄，夜风香。

二

月夜深更，小院轻风。晓星藏，埭上鸡鸣。露浓花坠，红日初升。看白珠莹，绿杨笑，水光清。

众鸟争停，柳翠桃青。路行人，谈笑风生。并肩男女，海誓山盟。美老翁强，女儿兴，少年行。

江城子

一

东风细雨润如酥，柳眉舒，午晴初。宜人天气，燕子落平芜。点水低飞情不厌，寻故主，觅新居。

清明过后客游湖，淡云浮，又何如。山青树茂，万类有天庐。闻说洛阳春也好，何日去，择村居。

二

洛阳城外沐春风，喜相逢，牡丹红。游人一路，个个话山东。菏泽明年相约去，花要买，品须名。

乘车不倦笑谈声，晓天明，日将升。南经汉水，早饭到樊城。此次旅行情绪好，新友识，故人迎。